魔叔 著

学渣学霸

终极对话

学霸皆天赋异禀？

错！他们只是做了对的事情！

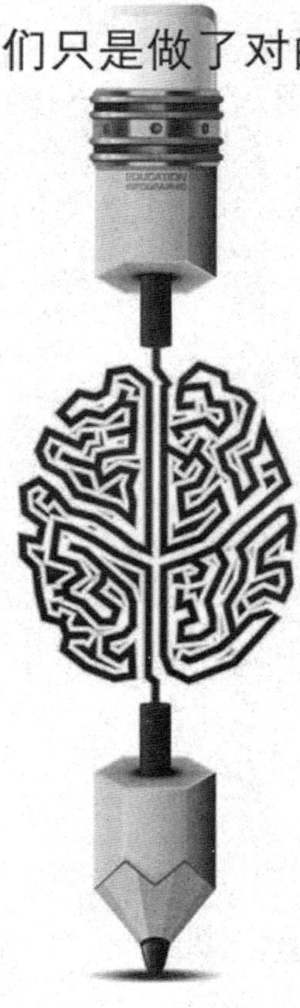

華齡出版社

责任编辑：潘笑竹

封面设计：刘　美

责任印制：李未圻

图书在版编目（CIP）数据

学渣学霸终极对话 / 魔叔著. -- 北京：华龄出版社，2017.2 (2023.7重印)

ISBN 978-7-5169-0885-3

Ⅰ. ①学… Ⅱ. ①魔… Ⅲ. ①长篇小说-中国-当代 Ⅳ. ① I247.5

中国版本图书馆 CIP 数据核字 (2017) 第 032570 号

书　　名：学渣学霸终极对话

作　　者：魔叔　著

出版发行：华龄出版社

印　　刷：黑龙江艺德印刷有限责任公司

版　　次：2017年3月第1版　2023年7月第3次印刷

开　　本：880 × 1230　1/32

印　　张：8.25

字　　数：100千字

定　　价：38.00元

地　　址：北京市朝阳区东大桥斜街4号　**邮　　编：**100020

电　　话：58124218（发行部）　**电　　话：**58124204

网　　址：http://www.hualingpress.com

前言

几乎每个人，都会有一段应试的经历。

开始时，大家都一样；结束时，有人幸存，有人伤亡。

幸存者，得到了想要的结果。

伤亡者，却因理想与现实的落差，尝尽苦涩。

而在结束之前，人人都很挣扎。

挣扎者们因为挣扎的痛苦，便常常想，在哪儿能找到秘籍？

但在应试这件事上，偏偏没有秘籍，有的，只是很多弯路。

于是，不走弯路，其实也就是唯一的秘籍。

不走弯路，走什么？

走正道。

何为正？

最本源的东西，才是正。

所以，就有了这些幸存者和挣扎者的对话。

在这些对话里，他们没有聊到应试中应该怎么学，应该学什么，他们始终在聊应试本身是什么。

因为明白了应试是什么，自然就懂得应该怎么学。而一旦明白了应该怎么学，应试中学什么，也就无所谓了。

目录

CONTENTS

第一章 应试之路

第二章 应试娱乐圈

第三章 应试餐厅

第四章 应试战场

第五章 分数之楼

第六章 时间燃料

第七章 应试武器

第一章 应试之路

第一节　荒凉的路

学渣：这里是……？

学霸：应试之路。

学渣：原来就是这里。

学霸：选了这条路？

学渣：是。

学霸：自己选的？

学渣：也许吧。

学霸："也许"是什么意思？

学渣：当我觉察到应当自己选择道路时，却发现，其他路都已走不通。

学霸：原来如此。

学渣：无奈如此。

学霸：事实上，大部分人皆如此。

学渣：既如此，我也只好变成此路上的行人。

学霸：可以理解。

学渣：应试之路，就这样？

学霸：哪样？

学渣：寸草不生，荒凉一片。

学霸：你在说风景？

学渣：自然是风景。

学霸：应试路上的风景，不只是风景。

学渣：还是什么？

学霸：心境。

学渣：谁的心境？

学霸：你的。

学渣：我的心境，就这样？

学霸：你的心境什么样，路边风景就是什么样。

学渣：能把风景变成这样，我的心境，可真不怎么样。

学霸：某些事情，让你的心境成了这样。

学渣：哪些？

学霸：数不清的课本，听不尽的课，做不光的试题，考不完的试卷。

学渣：原来是这些。

学霸：应试路上，也只有这些。

学渣：都是我厌烦的事情。

学霸：厌烦的事情，若可不做，也还好。

学渣：可一旦上路，这些事情，便不得不做。

学霸：那当你做着厌烦却又不得不做的事情时，你觉得，你的心境还能怎么样？

学渣：这么说，也难怪不怎么样。

学霸：但人的喜好，并非一成不变。

学渣：你想让我怎么变？

学霸：也许哪天，你突然喜欢上了那些事情，那荒凉的路边，绝对将变得郁郁葱葱、美景连连。

学渣：哪种喜欢？

学霸：几天不见，浑身不自在的那种喜欢。

学渣：恐怕，这种场景更适合出现在科幻小说中。

学霸：事实上很多科幻情节，如今都成为了现实。

学渣：但让我喜欢应试里的事情，实在不现实。

学霸：变不了？

学渣：总有些厌烦，无法改变。

学霸：若是这样，你就要做好准备了。

学渣：什么准备？

学霸：路边风景的荒凉，也将无法改变。

学渣：一路荒凉为伴？

学霸：从头到尾，自始至终。

第二节　沉重的路

学渣：我已在路上。

学霸：感觉如何？

学渣：有些奇怪。

学霸：说来听听。

学渣：双腿沉重，像灌了铅一般。

学霸：步履维艰？

学渣：相当艰难，难道我病了？

学霸：应该没有。

学渣：那是何故？

学霸：引力的缘故。

学渣：你是说地心引力？

学霸：对。

学渣：我应该还在地球上吧？

学霸：在。

学渣：但这儿的引力，却比平时大好多。

学霸：因为这儿是应试之路。

学渣：应试之路上，就该如此？

学霸：做着厌烦的事情，就该如此。

学渣：原来还是因为那些事情。

学霸：应试之路上，有且只有那些事情。

学渣：原来还是因为厌烦。

学霸：厌烦，必然导致低效，付出的努力，往往得不到等量的回报。

学渣：低到什么程度？

学霸：平时可以走十步的气力，在应试之路上，只够迈一步。

学渣：难怪觉得体力不支。

学霸：这就是应试之路，不但荒凉，而且沉重。

学渣：那若我一直厌烦呢？

学霸：若你一直厌烦，应试之路不但将一直荒凉，更将一直沉重。

第三节　领先者的路

学渣：厌烦一条路，竟能将其变成那个样子。

学霸：厌烦而又不得不上路，才能将其变成那个样子。

学渣：我很好奇，若是喜欢，又会是什么样子。

学霸：那将身轻如燕地穿梭于一路美景之中。

学渣：如此，可真令人神往。

学霸：如此，恐怕也只能神往。

学渣：这么说我，虽残酷，但也的确是事实。

学霸：说的何止是你。

学渣：还有谁？

学霸：几乎所有的上路者。

学渣：他们，皆选择了厌烦？

学霸：他们，哪有什么选择。

学渣：什么意思？

学霸：意思是，应试之路，本就令人厌烦。

学渣：于是，不管谁的路，都是那般荒凉、沉重？

学霸：对于几乎所有应试者来说，的确如此。

学渣：你一直在用"几乎"二字。

学霸：因为世上没有绝对的事情。

学渣：所以，还是会有人喜欢？

学霸：大千世界，无奇不有。

学渣：会有多少？

学霸：即使有，怕也极少。

学渣：但路上的领先者，却并不少。

学霸：所以，大多领先者，同样要面对荒凉，同样在承受沉重。

学渣：可他们看起来，并不像是心境荒凉之人。

学霸：当对终点向往到一定境界时，风景的荒凉，就被他们无视了。

学渣：可他们看起来，也不像是脚步沉重之人。

学霸：当付出多到一定程度时，低效的沉重，也就被他们抵消了。

学渣：原来是这样。

学霸：世上各种领先，大多是这样。

学渣：我还以为，正因为自己厌烦，所以才无法领先。

学霸：事实上，应试中的各种领先者，大多是在厌烦中领先着。

第四节　越来越荒凉，越来越沉重

学渣：此路，就这么荒凉着，沉重着？

学霸：厌烦不改变，荒凉和沉重便很难改变。

学渣：我的厌烦没有变，但路似乎在变。

学霸：有何变化？

学渣：荒凉与沉重，在加剧。

学霸：那只会说明你的厌烦在加剧。

学渣：但让我厌烦的那些事情，似乎没有任何让我更厌烦的变化。

学霸：事情无须变化。

学渣：事情不变，厌烦又因何而变？

学霸：只因荒凉和沉重，在持续。

学渣：这没办法，谁让我的厌烦，在持续。

学霸：那种持续，无时无刻、从不间断。

学渣：这也没办法，谁让我的厌烦，无时无刻、从不间断。

学霸：那种持续，更毫无好处，全是负能量。

学渣：这还是没办法，荒凉和沉重之中，又能有什么好处。

学霸：在不间断的负能量影响下，负面情绪只会不间断地积累。

学渣：厌烦本身，只怕就是一种负面情绪。

学霸：而负面情绪越积累，你就越厌烦。

学渣：但这些负面情绪，如你所说，似乎也正源自厌烦。

学霸：应试路上，任何负面，最终都能追溯到厌烦身上。

学渣：这么说来，源自厌烦的东西，反过来又加剧了厌烦？

学霸：加剧后的厌烦，自然凭添了路上的荒凉与沉重。

学渣：更荒凉了，更沉重了，只怕也就更厌烦了。

学霸：于是，一切又将重复刚才所说的一切。

学渣：听起来，各种因素在相互作用。

学霸：相互作用中，心中的厌烦，与路上的荒凉、沉重，不断实现着各自的自我加剧。

学渣：听起来，这种相互作用，也只带来了恶性循环。

学霸：恶性循环里，无休无止，直到你走完全程，又或者，中途放弃。

学渣：瞧我选了条什么路！

学霸：你选了一条不但荒凉沉重，而且很有可能越走越荒凉，越走越沉重的路。

第五节　暂时领先

学渣：我真不知道，自己何时就坚持不下去了。

学霸：若任由荒凉与沉重肆意地自我加剧，任何人都有可能坚持不下去。

学渣：可在只有荒凉与沉重的路上，它们的自我加剧，只怕也无法阻挡。

学霸：路上，倒也不只有荒凉与沉重。

学渣：还有什么？

学霸：还有美景，美食，甚至躺椅。

学渣：这些东西是从哪儿冒出来的？

学霸：它们源自一种奖励。

学渣：什么奖励？

学霸：因暂时领先，而获得的精神奖励。

学渣：这暂时领先，又是什么领先？

学霸：终极考试之前，任何考试结果上的领先。

学渣：那种领先，倒也不错。

学霸：不错的感觉，恰似无尽荒凉路上的一段美景。

学渣：那种领先，却并无什么决定性的意义。

学霸：虽无决定性意义，但会让领先者觉得，既能暂时领先，就有可能最终领先。

学渣：你是说，自信增加了？

学霸：增加的自信，正如美食和躺椅。

学渣：如同身处美景之中，边品尝美食，边惬意休息？

学霸：如此，可受用？

学渣：受用得很。

学霸：受用中，厌烦情绪的自我加剧，自会停止。

学渣：这般受用，估计不止会停止加剧，还可能降低厌烦情绪。

学霸：厌烦情绪的任何变化，都将导致路上的荒凉与沉重，发生同样的变化。

学渣：都是好变化啊！

学霸：不好，又怎配用上“奖励”二字？

学渣：但又都太短暂了！

学霸：的确，受用之后，应试者还得继续前进，而前方，依然荒凉沉重，也依然会自我加剧。

学渣：不过幸好，恶性循环的起点，低了许多。

学霸：应试者的心情、体能，也高了许多。

学渣：听起来，一派此消彼长之势。

学霸：此消彼长之下，应试者便可更轻松地抖擞精神，轻装上阵。

第六节　动力

学霸：领先的滋味，总是很好，哪怕只是暂时领先。

学渣：暂时的好滋味，当然也是好滋味。

学霸：好滋味，又总是一种动力。

学渣：什么动力?

学霸：继续追求那种好滋味的动力。

学渣：那确实令人欲罢不能。

学霸：所以，尝过领先滋味的人，总比没尝过的，更有动力去追求领先。

学渣：更有动力，也是一种优势啊。

学霸：事实上，很多时候，那不但是优势，更已成为决定性因素。

学渣：你的意思是……?

学霸：因渴望再次品尝领先滋味而产生的动力，常常能驱使应试者成功地再次品尝。

学渣：但即使再次品尝了，只怕也不会满足。

学霸：那只产生了继续品尝的新渴望，以及由新渴望而产生的新动力。

学渣：周而复始？

学霸：周而复始中，新动力源源不断，促使他们长期占据着领先位置。

学渣：那其他人？

学霸：其他人，尤其是从未品尝过领先滋味的人，只得挣扎于荒凉与沉重之中。

学渣：越挣扎，只怕越没有动力。

学霸：越没动力，便越无法品尝到领先滋味，也就越挣扎。

学渣：同样周而复始？

学霸：周而复始中，动力渐渐枯竭，以至于他们毫无赶上来的希望。

学渣：不同的位置，好大的分化。

学霸：很遗憾，原本一同上路、同一位置的应试者们，渐渐地，就出现了这样的分化。

学渣：但若领先者始终领先，落后者始终落后，这样的分化，似乎也很难改变。

学霸：那要看分化双方的态度。

学渣：领先者肯定不想变。

学霸：他们不但不想变，更因动力充足，而能让其不变。

学渣：落后者也当然想变。

学霸：他们虽想变，但因已在落后中消磨了所有动力，而实在无力改变。

学渣：如此说来，因为双方动力上的差距，也只好这样了。

学霸：因为动力上的差距，恰恰不止这样。

学渣：还会怎样？

学霸：源源不断的动力，只会让领先者越来越领先。

学渣：那落后者呢？

学霸：濒临枯竭的动力，自然也只会让落后者越来越落后。

学渣：听起来，分化在加剧。

学霸：加剧的分化，只让领先者的动力更充足，让落后者的动力更枯竭。

学渣：听起来，分化也在自我加剧。

学霸：世上任何一种分化，若任其发展，总有自我加剧的冲动。

第七节　落后者的绝境

学渣：落后者的处境，恐怕不妙。

学霸：也许，那已是绝境。

学渣：用“绝”字，是不是夸张了些？

学霸：动力若枯竭，正是一种“绝”。

学渣：原来你在说动力。

学霸：动力在，处境再绝也有希望。可若动力已绝，处境再好也只是绝境。

学渣：若说动力，那都藏在领先滋味里，倒也实在与落后者无缘。

学霸：应试之路上的领先，算是一种精神奖励。

学渣：但奖励，却似乎正是最擅长激发动力的东西。

学霸：这也恰恰是绝境里的落后者，最后的希望了。

学渣：希望？都已远远落后，哪还有什么精神奖励？

学霸：你要知道，在这个世界上，除了精神，还有物质。

学渣：物质奖励?

学霸：相比于要求苛刻的精神奖励，物质奖励极易获得，一场电影，一本小说，一瓶饮料甚至一小会儿午觉，都能让身心品尝到好滋味。

学渣：你是说，用物质奖励，去激发落后者的动力?

学霸：物质奖励，就在他们身边；他们身边，也只剩下物质奖励。

学渣：理论上，似乎算个办法。

学霸：可惜在现实中，这个办法却出现了偏差。

学渣：偏差? 什么意思?

学霸：很多时候，很多人，认为这些能带来动力的物质，正是牵扯落后者精力的根源。

学渣：恐怕，很少有时候、很少有人不这么认为。

学霸：刀可杀敌亦可伤己，可若只因伤己而弃用，实在可惜。

学渣：可能他们只是觉得，伤己带来的负面影响，不好控制。

学霸：于是，令人遗憾的是，物质奖励非但没被看成希望，反而遭到了敌视。

学渣：恐怕，大多数时候，它们甚至已被圈定为落后者不得接触的禁忌。

学霸：但反观领先者，却因暂时领先，得到了一些物质奖励。

学渣：恐怕，不止一些，而是很多。

学霸：你也要知道，物质奖励的滋味也很不错的。

学渣：那可是看得见摸得着、实实在在的不错。

学霸：那种不错的滋味，跟精神奖励的滋味一样，一旦尝过，便很难忘。

学渣：你的意思是，他们也将努力继续品尝?

学霸：于是他们自我激发出来的动力，也就进化为渴望继续品尝双重滋味的双重动力。

学渣：如此，落后者那边，还有什么？

学霸：最后的希望，已被视为禁忌，那边依旧无起色。

学渣：那双方动力上的差距，只怕要更悬殊了。

学霸：双方的距离，也因此越拉越大了。

学渣：如此说来，原本属于落后者的希望，反而帮助领先者扩大了领先优势。

学霸：这正是我想说的偏差。

学渣：那落后者的处境，怕是真的要变成绝境了。

学霸：还是那句话，动力绝，处境再好也是绝境，更何况，已毫无动力的落后者的处境，其实一点也不好。

第八节　路口

学渣：那是路口？

学霸：那是随时可以出现的路口。

学渣：似乎太多了些，几乎每隔几步，就有一个。

学霸：应试之路上的路口，需要这么多。

学渣：有特别用处？

学霸：为了方便。

学渣：为了谁的方便？

学霸：为了想上路的人。

学渣：那也不用这么多吧！

学霸：应试之路的方便，不是一般的方便。

学渣：有何不一般？

学霸：这条路，任何人都可以上来。

学渣：仔细想想，倒也确实没什么高低贵贱之分。

学霸：这条路，任何时间都可以上来。

学渣：仔细想想，倒也确实没什么年老年幼之别。

学霸：为了如此方便，就需要如此数量的路口。

学渣：仔细想想，一张桌子几本书，就得算是上路了。

学霸：事实上，有时候连桌子都不需要。

学渣：那确实够方便的。

学霸：还有更方便的。

学渣：什么？

学霸：相比于上路，下路更方便。

学渣：是吗？我怎么感觉上来容易下去难？

学霸：有被逼迫的感觉？

学渣：被逼着上课，被逼着看书，被逼着考试。

学霸：无法挣脱？

学渣：毫无机会。

学霸：其实，任何时间都是机会。

学渣：什么意思？

学霸：应试，是脑子里的事情。

学渣：那确实不是在拼体力。

学霸：而自己脑子里的事情，当然只有自己说了算。

学渣：若说脑子，别人倒也确实无法干涉。

学霸：何止无法干涉，连窥探的可能都没有，完全是个自治区域。

学渣：但即使自治了脑子，似乎也无法阻止被逼迫。

学霸：被逼迫的，只是身体而已。

学渣：你的意思是，有可能只是身体在上课？在看书？在考试？

学霸：我称之为，身体在演戏。

学渣：若脑中之事别人窥探不到，那身体演的戏，倒也确实很容易以假乱真了。

学霸：在身体的掩护下，脑中可天南海北，可随心所欲。

学渣：如此，脑中岂不早已没了应试的位置？

学霸：那就是下路了，哪怕天天上课，天天看书，天天考试。

学渣：脑中一没，便已下路，这也确实够方便。

学霸：方便得只需一念而已。

学渣：随时随地，皆可下路，这也确实是机会多多。

学霸：在看似毫无机会的身体里面，藏着一颗随时可获机会的脑子。

学渣：要达到这般上下自如，还真得多留些路口了。

学霸：但这么多携着容易和方便的路口，却也带来一个困难。

学渣：什么困难？

学霸：上下皆容易，必然让自始至终待在路上这件事情，变得困难。

学渣：既然都是脑子里的事情，在不在路上，只怕谁别人也管不着。

学霸：别人管不着的事情，便都是自己的事情。

学渣：是走是留，只怕谁也逼迫不了自己。

学霸：于是只有自己，才能逼迫自己。

学渣：自己逼自己？那可不是一件容易的事情。

学霸：那必然是一件很困难的事情。

学渣：反过来想，自己放纵自己倒是很顺手。

学霸：其实正因为自己放纵自己太过顺手，才使得自己逼自己太过困难。

学渣：再想想，顺手得也几乎就是一瞬间的事情了。

学霸：所以，在我们身上，其实也像有很多可以随时下路的路口似的。

学渣：跟眼前这条路差不多了？

学霸：每一个路口，都是自我放纵的出口，又皆为自我约束的入口。

学渣：路口处是上是下，便全在自己了。

学霸：上去后始终不下，更全在自己了。

学渣：听起来，都是在跟自己较劲。

学霸：全部路程，其实就是一个自始至终跟自己较劲的过程。

学渣：若说较劲，路上不缺这个。

学霸：你的意思是……？

学渣：几乎每天，我都在和千千万万一同上路的人较劲。

学霸：哦，你说那种较劲啊。

学渣：听起来，你对我说的这种较劲，有看法。

学霸：你那种较劲，只是赛跑。

学渣：既在路上，自然要赛跑。

学霸：既为赛跑，你与竞争者之间，便永远无法左右彼此的快慢。

学渣：拉他们的胳膊、绊他们的腿，肯定是要被判犯规的。

学霸：现实中的赛跑，起码还可以犯规。但应试中的赛跑，你连犯规的机会都没有。

学渣：此话怎讲？

学霸：你考了四十分，难道会有什么办法，让其他所有人都考三十九分？

学渣：除非我身兼判卷人的职务。

学霸：你倒是还可以把其他人的卷子都撕掉。

学渣：那我就该被送往医院积极接受治疗了。

学霸：于是在应试路上，跟其他任何人的较劲，都是非对抗式的。

学渣：非对抗式？这倒是个能让人觉得轻松一些的词汇。

学霸：甚至在最终结果出来以前，你与其他人之间，可以说是没有任何关系的。

学渣：连关系都没了，这下子更轻松了。

学霸：可惜，虽然竞争者无法让你的脚步慢下来，但你自己却可以。

学渣：自己还真是不经意间，就让自己偷懒去了。

学霸：虽然竞争者无法彻底了解你，但你自己却可以。

学渣：自己还真是从头到脚，都把自己洞察透了。

学霸：所以，自己才是那个你自己真正需要直接对抗和较劲的敌人。

学渣：这也是个无时无刻不在我身边的敌人。

学霸：这还是个清楚你所有软肋的敌人。

学渣：听起来，已强大到无以复加的地步了。

学霸：你要知道，那些在应试路上始终占上风的人，也只因在与自己这个强大到无以复加的敌人的较劲中，占得了上风。

第九节　悬殊

学渣：应试之路，有多远？

学霸：远得将耗掉应试者的整个应试生涯。

学渣：如此，可真是长路漫漫、了无尽头。

学霸：但也终究有尽头。

学渣：每天都想着那个尽头快点来。

学霸：该来的总会来。

学渣：可真临近了，却又希望它永远不要来。

学霸：其实，即使来了，也很快就过去了。

学渣：可这短短地一来一去，却让很多东西发生了变化。

学霸：这也正是此长路的特别之处。

学渣：哪里特别？

学霸：分段特别。

学渣：分段？什么意思？

学霸：整条路，明显地分成了两段。

学渣：第一段是？

学霸：从起点，到那场终极考试之前。

学渣：终极考试之前，唯一要做的，恐怕就是准备终极考试。

学霸：所以第一段路，是准备之路。

学渣：剩下的，就是那场考试了。

学霸：于是第二段路，是考试之路。

学渣：第一段路很长。

学霸：长得几乎涵盖了应试之路的全部距离。

学渣：第二段路又太短，

学霸：短得几乎可以忽略不计。

学渣：距离上，差距真悬殊。

学霸：但应试者之所以踏上第一段路，却又只为第二段路。

学渣：当然，一切都是为了那场考试。

学霸：所以，在重要性上，两段路的差距也很悬殊。

学渣：此悬殊，倒也恰恰颠倒了彼悬殊。

学霸：这正是应试之路的特别之处。

学渣：特别得悬殊？

学霸：也特别像一个东西。

学渣：什么？

学霸：人生。

学渣：此路，不正是人生的一部分吗？

学霸：此路，还雷同于人生的很多其他部分。

学渣：那些部分，又是什么部分？

学霸：那些部分，是人在一生中，总要面对的一些关口。

学渣：什么样的关口？

学霸：那些关口来临之前，你会有很多时间去准备，可一旦到来，却又要在极短的时间里决定成败。

学渣：回头想想，那样的关口，真决定了人生中的很多。

学霸：所有那样的关口加起来，又几乎决定了整个人生。

学渣：关口前的准备，关口上的瞬间决胜，也确实很像应试之路了。

学霸：于是这条应试之路，不止是人生的一部分，更如同整个人生的一个缩影。

第十节　两种跑道

学霸：准备之路很长。

学渣：总觉得有些太长了。

学霸：其实越长，意味着准备的时间和空间，越多。

学渣：可它的长，已让人感到痛苦和煎熬。

学霸：像在参加一场马拉松比赛?

学渣：很像。

学霸：很多应试者，便在这马拉松式的旅途中，渐渐被磨炼成了一名长跑健将。

学渣：长跑式的应试者?那是什么样?

学霸：同长跑运动员一样，耐力十足。

学渣：耐力，总归是个好东西。

学霸：为了完成目标，他们可以持续地付出时间和精力。

学渣：这正是耐力的表现。

学霸：漫长的准备之路，也恰恰给了他们大量时间。

学渣：也许，足够的时间加上足够的耐力，已足够完成很多事情。

学霸：他们正是渐渐认识到了这种组合的威力，又渐渐习惯于使用这种组合，去完成一个又一个目标。

学渣：时间、耐力、长路，还真有点长跑运动员的味道了。

学霸：此味道，会越来越浓，直到准备之路的终点。

学渣：终点又如何?

学霸：你要知道，准备之路的终点，又是考试之路的起点。

学渣：起点又怎样？

学霸：起点上要面对的考试之路，却非常短。

学渣：若说它的距离，相比准备之路，真都可以忽略不计了。

学霸：完成这段路，无须多少时间。

学渣：相比于漫长的准备岁月，那甚至只能算一瞬间。

学霸：时间虽短，应试者却要争长短。

学渣：这段路上的长短胜负，又很可能决定人生的很多事情。

学霸：瞬间分胜负，你会想到什么？

学渣：你又想到了什么？

学霸：短跑比赛。

学渣：考试？短跑？

学霸：不像？

学渣：真像！

学霸：如此，便出现了很有趣的一幕。

学渣：说来听听。

学霸：在准备之路上训练多年、已将长跑运动员的特性融入血液的应试者，却突然发现，他要去参加一个很可能决定人生很多东西的短跑比赛。

学渣：若是这样，只怕一点儿都不有趣。

学霸：只怕，只会是不妙。

学渣：如此看来，准备之路的长，反而坏事了。

学霸：长，带来了充足的时间和空间，可也正因为时间和空间太过充足，反而让人忽视了另一个关键因素——速度。

学渣：没有了速度，想在短跑中领先，只怕是奢望。

学霸：没有了速度，想完完整整跑完比赛，都不一定如愿。

学渣：也对，那考试不但要决出先后，而且要在一个限定时间里决出先后。

学霸：事实上，那考试不但要在一个限定时间里决出先后，而且要在一个很短的限定时间里决出先后。

学渣：现实中的短跑，虽然也是电光石火，但起码每个参赛者都能完成比赛。

学霸：考试中的短跑，限定时间一到，完没完成便都得结束。

学渣：想不到，连那个曾经用来完成一个个目标的时间，都翻脸不认人了！

学霸：它早已由上一段路上的制胜同伴，变成了这一段路上的无情敌人。

学渣：这可真是世事无常！

学霸：事实上，世事无常，恰恰才是世上最常发生的事情。

学渣：但在终极考试里，还是不要有“无常”为好。

学霸：一切“无常”，在某种程度上讲，都是一种“失控”。

学渣：时间太短暂而又不停流逝，确实总感到不可控。

学霸：时间一旦有失控迹象，就存在无法完成的可能性。

学渣：在考试中去想那种可能性，可不太妙。

学霸：可能性虽并非现实，但却将直接影响应试者的情绪。

学渣：在考试中情绪异常波动，更不太妙。

学霸：受影响的情绪，势必会反过来影响应试者的速度。

学渣：本来速度就不足，若再受些影响，那时间这个敌人，就更难以掌控了。

学霸：时间的进一步失控，又将进一步影响情绪。

学渣：说来说去，原来又是一个自我强化的恶性循环。

学霸：没有办法，总在重复上演自我摧残的经典套路。

学渣：考试之路都变成自残之旅了，这可真是越说越惨。

学霸：那就再说点别的。

学渣：比如？

学霸：比如，站在考试起点的应试者，换成了个有速度的人。

学渣：那时间失控的可能性，就小多了。

学霸：时间再快，也总在他可触及的范围内。

学渣：那完不成比赛的危险性，也就小多了。

学霸：危险降低，人就会觉得安全。

学渣：安全感在考试中，绝对是好东西。

学霸：安全感，又会让应试者更从容。

学渣：从容在考试中，更是好东西。

学霸：从容的应试者，甚至可能超水平发挥。

学渣：速度反而提高了？

学霸：不知不觉地快过了平时。

学渣：那岂不是更有安全感了？

学霸：就这样，一个人人都喜欢的良性循环开始了。

学渣：跟刚才那个循环相比，真是天壤之别。

学霸：天壤之别，其实也只起源于速度上的差别。

学渣：一切，都看起来截然相反了。

学霸：所以，在那个瞬间决胜负的路上，速度就是安全感，就能让一切发生逆转。

学渣：安全感我想要，逆转我更想要。

学霸：那就去找。

学渣：去哪找？

学霸：漫长的准备之路上，有的是空间和时间去找。

学渣：你是说，在长跑跑道上练短跑？

学霸：在恰似长跑跑道的准备之路上，真正需要准备的，却正是“速度”这项短跑跑道上必不可少的东西。

学渣：这结论听起来有意思。

学霸：可若应试者直到站在考试之路的起点时，才领悟到这结论，那他肯定一点儿都不会觉得有意思。

第十一节 速度的平衡

学渣：看来，要追求“快”了。

学霸：为何想到了“快”？

学渣：所谓速度，难道还会是“慢速”？

学霸：既是短跑，自然要快，但是，又不只要快。

学渣：还要怎样?

学霸：还要确保不能跌倒。

学渣：这个自然。在一个瞬间分成败的比赛里，任何人都承受不起“跌倒”这种失误。

学霸：这种失误，在考试这个短跑比赛中，便是失分。

学渣：那绝对是应试里最不招人待见的一件事情。

学霸：那同样也是应试里总不可避免的一件事情。

学渣：既如此，若再追求更快，那种不可避免的事情，恐怕还将不可避免地增加。

学霸：“快”，确实总伴着“误”，想“准”，似乎也不得不“慢”下来。

学渣：看来，是个“鱼和熊掌不能得兼”的难题。

学霸：但在考试中，因为时间的限制，应试者不得不“快”。

学渣：恐怕，因为分数的限制，应试者也不得不“准”。

学霸：所以，对于任何一名试图在应试里有所斩获的应试者来说，这鱼和熊掌，又不得不得兼。

学渣：只是，会有“得兼”这样的好事？

学霸：倒也没你想得那么好。

学渣：你知道我想得有多好？

学霸：大多时候，人们都在想，如何兼得整条鱼和整只熊掌。

学渣：实现这想法，是不是难了一点？

学霸：何止难了一点，简直难得一点也实现不了。

学渣：那你所谓的“得兼”是……？

学霸：虽无法兼得全部，但可兼得两者的一部分。

学渣：多大一部分？

学霸：此部分多，彼部分就不得不少。

学渣：说了半天，还得取舍。

学霸：这恐怕是人在一生中做的最多的一件事情。

学渣：取，总是很简单，但要舍，不管舍什么，舍多少，都比较难。

学霸：不同比例的取舍，将给应试者带来不同的收益。

学渣：既不同，必然也就有最大的那个吧？

学霸：那便需要让快和准，达到一个最佳的比例。

学渣：最大化，最佳，“最”字多了些。

学霸：一个正常人，会嫌弃“最”字？

学渣：趋之若鹜。

学霸：理所当然。

学渣：可一旦牵扯到了“最”字，估计也是一个很不容易达成的比例。

学霸：但事实上，这个让人觉得很不容易达成的比例，却偏偏总出现在一些很容易达成的事情上。

学渣：容易的事情？比如说？

学霸：比如说，刷牙。

学渣：不明白你的意思。

学霸：刷牙的时候，你是否小心谨慎、慢慢吞吞？

学渣：怎么可能！

学霸：刷牙的时候，你是否磕磕绊绊、错误百出？

学渣：怎么可能！

学霸：这就对了。

学渣：什么对了？

学霸：快和准的完美结合，正出现在你刷牙的时候。

学渣：刷牙已是习惯，怎可能会慢？又怎可能会出错？

学霸：这又对了。

学渣：又有什么对了？

学霸：快和准的最佳比例，正是——习惯。

学渣：日常中那些很不起眼的习惯？

学霸：无须刻意关注，一切信手拈来，不起眼中，已将快和准通通展现出来。

学渣：但那只是刷牙中的状态罢了。

学霸：那又并不只是在刷牙中才会有的状态。

学渣：考试中真的也可以？

学霸：世间千万事中，都可以。

学渣：那状态下，考试又将怎样？

学霸：那状态下，任何考试都不过是另一种形式的刷牙罢了。

学渣：这话真令人神往。

学霸：那何不就此前往？

学渣：那你可知道，在形成习惯之前，我已刷了多少次牙？

学霸：同一张嘴，同一副牙，日复一日地重复。

学渣：若我也想在考试中形成习惯，需怎样？

学霸：同一类题，同一考点，日复一日地重复。

学渣：就这样？

学霸：这样后，当在考试中再次面对同类题型、同类考点时，便可如刷牙一般随心所欲。

学渣：但考试中，并不止一类题型、一类考点。

学霸：想让“习惯”贯串考试始终？

学渣：谁又不想呢？

学霸：那只好日复一日地去重复不同类的题、不同类的考点。

学渣：只好？

学霸：只好。

学渣：别无他法了？

学霸：在这个世界上，只有那一种状态可称之为习惯，也只有那一种做法，可以形成习惯。

学渣：用那样一种做法，去习惯那样多的题型考点，其消耗只怕难以估量。

学霸：事实上，因重复而产生的枯燥，同样难以估量。

学渣：如此，绝非人人都能承受。

学霸：能承受多少，要看应试者的耐力有多强。

学渣：这倒是长跑运动员必备的东西。

学霸：能承受多少，还要看应试者的决心有多坚定。

学渣：这也是长跑运动员必备的东西。

学霸：能承受多少，更要看应试者的耐力决心，能持续多久。

学渣：这又是长跑运动员必备的东西。

学霸：别忘了那条准备之路，还恰如长跑的跑道。

学渣：原来，都是长跑的东西。

学霸：一直都是长跑的东西。

学渣：但若我没记错的话，也恰恰是这些长跑的东西，常常让应试者忽略了短跑。

学霸：你没有记错。

学渣：若我还没记错的话，一个应试者最终要追求的，是努力在短跑跑道上胜出。

学霸：你依然没有记错。

学渣：然而，这些有可能带来误导、听起来又与短跑格格不入的长跑的东西，又成了应试者不可或缺的了？

学霸：其实，何止应试者不可或缺，不管什么者，都缺不了。

学渣：它们还挺吃香。

学霸：世上千万成功者，享受着千万种不同的成功，他们也许从来没有长跑过，有的甚至都已失去了跑动的能力，但那些类似的长跑的东西，却始终在心中。

学渣：一颗长跑的心？

学霸：不同的人，不同的领域，同一颗长跑的心。

学渣：也都成了习惯？

学霸：不同的难，不同的复杂，同样被执着地打磨成了一种习惯。

学渣：可以想象得到，那个过程，有多不容易！

学霸：那你也要想到，若过程容易了，结果反而就不容易了。

学渣：又是一个不得不做的取舍！

学霸：那你可想好，取什么舍什么。

学渣：既身在应试，又决定走到底，取的自然是结果。

学霸：那就怀着一颗长跑的心，在漫长的长跑跑道上，重复地练短跑吧。

学渣：直至把速度也变成一种习惯？

学霸：直至把速度也变成一种习惯。

第二章　应试娱乐圈

第一节　思路和演员

学霸：试题，总会有解开它的思路。

学渣：目前还解不开的，或许只能叫猜想。

学霸：一些试题，看似不同，解题思路却相同。

学渣：这样的题和思路，不在少数。

学霸：这样的题和思路，总让我想起一些事物。

学渣：什么？

学霸：演员和角色。

学渣：为何想到他们？

学霸：一个思路用于不同试题，恰如一个演员饰演不同角色。

学渣：你的意思是，试题可被看作角色？

学霸：五花八门的试题，正像形形色色的角色。

学渣：那试题背后的解题思路呢？

学霸：正像饰演它们的演员。

学渣：那解题的过程呢？

学霸：正像透过角色在辨认演员。

学渣：像吗？

学霸：你觉得不像？

学渣：表面上看，还确实像，但事实上，又差好多。

学霸：哪里差好多？

学渣：当荧幕上的角色一登场，我一眼即可辨出。但当纸上的试题横在眼前时，却又是另一番景象了。

学霸：什么景象？

学渣：就是把眼珠子瞪出来，也认不出来。

学霸：差别这么大？

学渣：天壤之别。

学霸：但在有些应试者的眼里，却没什么分别。

学渣：你是说，他们辨认思路，就像辨认现实演员一样简单？

学霸：看一眼即可。

学渣：他们如何做到的？

学霸：你在现实中辨认演员时，又是如何做到的？

学渣：现实中可一眼辨认出的演员，都是明星演员。

学霸：应试里可一眼辨认出的思路，也都是明星思路。

学渣：明星思路？那是什么思路？

学霸：跟明星演员一样。

学渣：何处一样？

学霸：出镜率一样。

学渣：现实中，明星演员几乎渗透到了任何肉眼可见的地方，电视、杂志、网络，那出镜率，高得很。

学霸：应试里，明星思路同样渗透到了任何肉眼可见的地方，考题、习题、例题，那出镜率，也高得很。

学渣：正因为高出镜率，我对明星演员已相当熟悉，进而不管他们扮演什么角色，都可一眼辨认出。

学霸：也正因为高出镜率，有些人对明星思路已相当熟悉，进而不管它们扮演什么试题，也都可一眼辨认出。

学渣：无须再费力分析？

学霸：你面对明星扮演的角色，还需分析分析才知是谁？

学渣：不需要，一点也不需要。

学霸：同样的，他们与其说是在分析求解，不如说，只是在简单重复早已烂熟于胸的过程。

学渣：真能像认明星一般，倒也真的简单了。

学霸：事实上，认明星的简单，和辩思路的简单，本就是相同的简单。

学渣：同在何处？

学霸：同因熟悉而简单。

学渣：熟悉？

学霸：是啊，熟悉，一个总能带来“简单”的境界。

学渣：简单，总归是好事。

学霸：所以，“熟悉”这种境界，也是一种好境界。

学渣：我想达到那种好境界。

学霸：现实中，你已经达到了。

学渣：但在应试里，却还没有。

学霸：现实中能达到，应试里也一定能达到。

学渣：如何达到？

学霸：现实中如何达到的，应试里便如何达到。

学渣：现实中，明星演员的模样无处不在，不熟悉才怪。

学霸：正因无处不在，所以你的脑子里、眼睛里，总有很多机会去重复他们的模样。

学渣：重复？

学霸：是啊，重复，一个总能带来“熟悉”的行为。

学渣：只需重复？

学霸：重复，足矣。

学渣：只需重复那些思路？

学霸：现实中，你也只不过是重复了演员们的脸。

学渣：当你刚才说出“一眼辨出思路”的话时，我还琢磨那会是一种怎样的境界。

学霸：正如我刚才所说，那只不过是一种熟悉。

学渣：我也刚刚还寻思着，如何艰苦磨炼，方能达到那样的境界。

学霸：也正如我刚才所说，重复，足矣。

学渣：为什么一切从你嘴里说出来，都那么平常？

学霸：不是我的嘴让它变得平常，而是它本来就很平常。

学渣：但能一眼辨出思路的应试者，却绝不平常。

学霸：那是因为，"重复"这个方法虽平常，但要想一直"重复"到"熟悉"的境界，却绝非平常之事。

学渣：重复明星的脸，倒没觉得多辛苦。

学霸：重复明星的脸，甚至是愉悦的。

学渣：这倒不假，他们总是出现在好看的电影中、好看的广告里、好看的海报上。

学霸：就连明星们的脸庞本身，也大多是好看的。

学渣：好看加好看，那就更令人享受了。

学霸：但思路的脸庞，却只会出现在试题中。

学渣：试题一般不会令人愉悦。

学霸：试题一般只会带来厌烦、乏味。

学渣：厌烦加乏味，那就只能令人排斥了。

学霸：你要知道，令人排斥的东西，相比于令人愉悦的东西，总是更难被人熟悉。

学渣：但就是这般令人排斥的、更难被人熟悉的东西，那些应试者也弄熟悉了？

学霸：甚至熟悉到了比明星脸庞还熟悉的地步。

学渣：也就单单靠重复？

学霸：也就单单靠重复。

学渣：但一个令人愉悦，另一个令人排斥，区别可不小。

学霸：所以他们不得不更多遍地去重复。

学渣：更多是多少?

学霸：绝非平常的多。

学渣：原来绝非平常的熟悉，来自绝非平常的遍数。

学霸：那些遍数，还都是在心存排斥的情绪下完成的。

学渣：如此，我总算明白绝非平常之人，为何绝非平常了。

学霸：他们总能将极其平常的手段，用到绝非平常的地步。大多数绝非平常之人，真正绝非平常的地方，恐怕也就在于此了。

第二节 明星脸

学霸：有时候，一眼辨出思路演员，反而很危险。

学渣：这本是应试者梦寐以求的境界，何来危险?

学霸：因为一眼认出的，偏偏有可能是错的。

学渣：既可一眼认出，必非常熟悉。既非常熟悉，又怎么可能认错?

学霸：知道明星脸吗?

学渣：与明星长相类似之人?

学霸：长得像一个人，却又是完全不同的另一个人。

学渣：怎么突然说起明星脸了?

学霸：明星脸，正是那个危险。

学渣：我只知明星脸很娱乐，却不知什么时候变成了危险。

学霸：娱乐的，是现实中的明星脸，危险的，则在试题里。

学渣：试题里，也有明星脸？

学霸：试题里的明星脸，与明星思路非常相似，却又是完全不同的另一种思路。

学渣：现实中，我倒见过不少明星脸。

学霸：长得像明星？

学渣：像。

学霸：像到无法辨别？

学渣：不得不承认，有个别明星脸，的确很有迷惑性。

学霸：试题中的明星脸，更有迷惑性。

学渣：迷惑到什么程度？

学霸：迷惑到带来危险。

学渣：你一直在说危险。

学霸：我说的危险，不但危险，而且有趣。

学渣：趣，又从何而来？

学霸：有趣的是，正是应试者自己，直接促成了危险。

学渣：自己给自己制造危险？

学霸：是明星脸利用应试者，制造了危险。

学渣：利用了应试者的什么？

学霸：利用了他们对明星思路的熟悉，以及因熟悉而产生的自信。

学渣：熟悉和自信，都是好东西啊。

学霸：都堪称解题利器。

学渣：难道这两大利器，被明星脸夺走了？

学霸：明星脸用不着夺，只需摆出那张脸。

学渣：然后呢？

学霸：然后，应试者不假思索地亮出首件利器——熟悉，断定试题背后，正是那个熟透了的明星思路。

学渣：那可就错了。

学霸：但应试者觉得对。

学渣：这样以来，熟悉反倒成了一个陷阱。

学霸：熟悉不是陷阱，而是陷阱的完美掩体。

学渣：就这样被那个掩体完全迷惑了？

学霸：也会有一丝疑虑。

学渣：有疑虑就该有所反应。

学霸：可惜反应之前，疑虑就被砍掉了。

学渣：被谁？

学霸：应试者的另一件利器——自信。

学渣：相信自己没错？

学霸：自信让应试者义无反顾地、信心满满地认定，那绝对就是熟悉的明星思路。

学渣：思路不对，结果怎么对？

学霸：对不了。

学渣：如对不了，伤的就是自己了。

学霸：所以说，明星脸思路没有夺走利器，而是应试者自己，手握自己的利器，伤了自己。

学渣：原来明星脸思路把应试者迷惑得都自残了。

学霸：不但自残了，还是心甘情愿自残的。

学渣：如此，果然够危险。

学霸：不够有趣？

学渣：这种有趣，就算会让人笑，也只是苦笑。

学霸：何止会苦，甚至会哭。

学渣：只怕，欲哭也无泪。

学霸：有泪无泪，都是自己一手造成的。

学渣：回头去看，那丝疑虑就是一丝生机啊。

学霸：被自己亲手砍掉的唯一生机。

学渣：只怪自己太自信了。

学霸：只有察觉出区别时，才会有疑虑，但也只有无法确认那区别时，疑虑才会被砍掉。

学渣：无法确认？

学霸：无法确认。

学渣：那这到底是自信，还是不自信？

学霸：很多时候，对某个结论的自信，恰恰源自对相反结论的不自信。

学渣：那这种不自信，又源自什么？

学霸：这个问题，你可以去问问粉丝。

学渣：什么粉丝？

学霸：现实中，明星们的狂热粉丝。

学渣：问他们不自信的来源？

学霸：问他们对明星们的样貌，是否胸有成竹。

学渣：那还用问？

学霸：再问问他们，会否混淆明星脸。

学渣：就算明星们的父母会混淆，估计他们都混淆不了。

学霸：所以不自信，往往只因还没熟悉到狂热粉的地步。

学渣：还不够？

学霸：还不够。

学渣：但刚才你还说，是熟悉和自信，导致了那危险。

学霸：事实上，深究起来，那种熟悉，依然只是半生半熟，那种自信，也依然只是半信不信。而半生半熟、半信不信的状态，才是应试中最危险的。

第三节 化妆

学霸：每张试卷，都像一部电影。

学渣：那它绝对是一部让人伤心的电影。

学霸：上面每道题，都是电影里的角色。

学渣：那它们绝对都是让人伤心的角色。

学霸：其实导演的初衷，也并非为了让人伤心。

学渣：导演?

学霸：既然试卷是电影，那命题人，自然就是导演。

学渣：那这种导演，也绝对是令人伤心的导演。

学霸：他们毫无恶意，只是想测测应试者的眼力而已。

学渣：那你的意思是，我要怪，也只能怪自己的眼球?

学霸：事实上，有些人，不但不怪导演，反而喜欢他们。

学渣：导演的亲戚?

学霸：同你一样，都只是应试者。

学渣：那他们肯定是被应试逼疯了。

学霸：没有，他们只是发现，导演喜欢使用明星思路。

学渣：哦，原来是那些可一眼辨认出明星思路的人。

学霸：可如果他们心中太喜欢，就意味着解题太不费劲，那样以来，导演反而就不太喜欢了。

学渣：那导演喜欢的是……?

学霸：还是喜欢让应试者着急一些，费劲一些。

学渣：如此说来，这导演不但令人伤心，而且喜欢令人伤心。

学霸：如此，方可更好地检验眼力。

学渣：那就别用能让人一眼辨认出的明星思路。

学霸：可命题导演与现实娱乐圈中的导演一样，就爱使用知名度高的明星。

学渣：那恐怕就没辙了。

学霸：导演还真有辙。

学渣：什么辙？

学霸：化妆。

学渣：这个辙，还不如另一个辙。

学霸：说来听听。

学渣：卸妆。

学霸：此话怎讲？

学渣：现实中，人们熟悉的明星面目，本都是化妆后的面目，反而卸妆后，能卸出一种形同陌路的效果。

学霸：我说的这个妆，是让本来面目改变巨大的妆。

学渣：明星们的妆，还真都让本来面目改变巨大。

学霸：那种程度，还称不上巨大。

学渣：那要改变到什么程度，才算巨大？

学霸：巨大的改变，能让人不再像人。

学渣：不像人，像什么？

学霸：除了人，什么都可以像，比如外星生物、妖魔鬼怪，你没看过此类电影？

学渣：看过很多。

学霸：你能直接辨认出那些不像人的角色背后，是哪个明星？

学渣：难。

学霸：这一“难”，命题导演就达到目的了。

学渣：但这一“难”，说的是在现实中，用的．则是各种面具和电脑特效。

学霸：应试里，亦可实现这一“难”。

学渣：如何实现？

学霸：比如，更换关键数据，改变表述方式，又比如往试题里添加各种语言陷阱、干扰成分。

学渣：让被人熟知的试题类型，变得面目全非、云遮雾绕？

学霸：题虽已面目全非，但背后的思路，还是原来那个思路。

学渣：连化妆师的角色都包办了，当个命题导演，够忙碌的。

学霸：导演忙碌，应试者也会跟着忙碌。

学渣：恐怕，应试者除了忙碌，还可能白白忙碌。

学霸：这“白白忙碌”说的是……？

学渣：思路若真的面目全非，应试者很有可能辨不出。而一旦辨不出，不是白白忙碌又是什么？

学霸：但也总有些人不会白白忙碌。

学渣：面目全非了，还能认出？

学霸：不但能认出，甚至能轻轻松松地认出。

学渣：透视眼？

学霸：普通肉眼。

学渣：普通肉眼，如何看到装扮下的真面目？

学霸：不需看真面目。

学渣：见鬼。

学霸：怎么了？

学渣：有人不需看真面目，就能知道真面目，这让我觉得见鬼了。

学霸：若这就算见鬼，那现实中，恐怕你早就已经见过了。

学渣：现实中的是……？

学霸：现实中，一些你口中的“鬼”，通过捕捉一些东西，便可推断出明星们的真面目。

学渣：什么东西？

学霸：比如，动作。

学渣：什么动作？

学霸：明星们的习惯性动作。熟悉这些动作的人，不需透视眼，单凭肉眼，即可一目了然。

学渣：原来这些“鬼”，也都是人。

学霸：是啊，使用肉眼的普通人。

学渣：虽是普通人，但他们对明星们的熟悉程度，绝不普通。

学霸：更甚有者，肉眼都不用。

学渣：那用……？

学霸：用耳朵。

学渣：只凭听？

学霸：任何人都有属于自己的音色，明星们也不例外。那些熟知明星音色的人，便可凭一双耳，辨出装扮后面的真面目。

学渣：那他们对明星们的熟悉程度，更不普通。

学霸：还有一些人，声音动作都不需去捕捉。

学渣：但也总得捕捉点什么吧？

学霸：他们捕捉姿势——站姿、坐姿、趴姿、躺姿。明星们没有动，没有说话，但其真面目，已被完全识破。

学渣：我很好奇，这得熟悉到什么程度？

学霸：任何蛛丝马迹都了如指掌的程度。

学渣：如此，非狂热中的狂热粉丝，不可能达到。

学霸：现实中有，应试中同样有。

学渣：狂热中的狂热粉丝?

学霸：狂热中的狂热粉丝。

学渣：狂热，应是源自喜爱。

学霸：那正是源泉。

学渣：但世上真有如此喜爱思路之人?

学霸：应试里的东西，没人喜爱。

学渣：那又为何如此狂热?

学霸：真正令他们狂热的，是通过应试能得到的东西。

学渣：哦，原来为了所爱的，可以去爱完全不爱的。

学霸：其实，这正是狂热的本质。

学渣：那命题导演的各种化妆技巧，对他们还有什么用?

学霸：无用，因为无论如何掩盖，总会有蛛丝马迹。

学渣：如此，倒是命题导演白白忙碌了。

学霸：他们可没白白忙碌。

学渣：化了半天妆，却被轻松识破，这还不算白忙碌?

学霸：你又忘记导演的目的了，能测出如此明察秋毫的眼力，正是他们想要的，岂是白白忙碌?

第四节　多演员的角色

学霸：现实中的电影里，有这样一类角色——他们贯串剧情始终，从刚出生的婴儿，一直演绎到白发苍苍的老人。

学渣：这样的角色，往往令人印象深刻。

学霸：这样的角色，单凭一个演员，不足以胜任。

学渣：这个自然，起码成年人，绝演不了婴儿。

学霸：明星们可以凭借化妆技术，去演绎青年、中年、老年。

学渣：这三个阶段往往最重要最出彩，自然会交给明星。

学霸：其余年龄段，婴儿戏让婴儿演，少年戏让少年演。

学渣：如此安排，合情合理。

学霸：如此安排，一个角色，便至少用了三个演员。

学渣：有时候，如果明星演员年龄偏大，那青年戏份儿，也可能另寻他人。

学霸：那就是四个。

学渣：三个也好，四个也罢，说这些做什么？

学霸：我想知道，面对这种需要多人共同诠释的角色，其扮演者们，你都能认出？

学渣：婴儿演员我肯定认不出，少年演员嘛，可能性也不大。

学霸：命题导演，正是看上了这“可能性也不大”。

学渣：怎么绕到命题导演身上了？

学霸：因为他们已将这“可能性也不大”，搬到了试卷上。

学渣：什么意思？

学霸：没别的意思，导演们只是觉得，仅靠化妆去掩盖思路的真面目，有些单调。

学渣：他们还想怎样？

学霸：他们还想用用刚才咱们聊过的那种手法。

学渣：多演员共同诠释一个角色？

学霸：应试里，导演们已将其演变为——多思路共同诠释一个试题。

学渣：多思路？

学霸：多思路，共同构成一个完整的解题思路。

学渣：那这到底是一个思路，还是多个思路？

学霸：认出了全部思路，才能顺利解开整道试题。所以，多个思路加起来，正是解开试题的那个完整思路。

学渣：若认不全呢？

学霸：认不全，解题思路自然不完整。

学渣：思路不完整，得分恐怕也不会完整。

学霸：得分可能不完整。

学渣：听你的意思，难道还可能完整？

学霸：这推论，太乐观了。

学渣：那悲观的是……？

学霸：悲观的是，还可能完全得不到分。

学渣：怎会如此不同？

学霸：因为导演安排多个思路的方式大不相同。

学渣：都有什么安排？

学霸：试题可能被设计成多问模式，然后，将各个思路，平均分配到各个问题中。

学渣：一个思路，解决一问？

学霸：是。

学渣：这样的话，即使只认出部分思路，也应该能得些分数了。

学霸：也不一定。

学渣：还不一定？还有什么不一定？

学霸：多问试题中，问题之间往往是相互联系的，上一问的答案，极有可能要被用来解决下一问。

学渣：于是，要从第一问开始？

学霸：第一问，相当于一个房子的房门，第一问的思路，便是房门钥匙。

学渣：那其他问呢？

学霸：其他问，都是屋门钥匙，比如卧室、厨房、卫生间之类。

学渣：但应试者有可能恰恰没认出相当于房门钥匙的思路。

学霸：那他们只能被挡在房门之外了。

学渣：那即使手握房门钥匙，又有何用？

学霸：没用。

学渣：认出了部分思路，却没得到相应问的分数。

学霸：所以我刚才说，不一定。

学渣：还好，若应试者唯一辨认出的，是第一问的思路，总还能进到房子里，得些分数。

学霸：还是不一定。

学渣：到底有多少“不一定”？

学霸：起码还有一种。

学渣：哪一种？

学霸：多思路试题中的另一类——单问模式。

学渣：只有一问？

学霸：一个问题，一个答案，以及全部的分数。

学渣：却是多思路？

学霸：环环相扣的多思路，认不出任何一个，皆无法得到最终答案。

学渣：不管拿的是房门钥匙，还是屋门钥匙？

学霸：这种模式的房子里，所有屋子都不上锁，但唯一的房门上，却锁了好几道。

学渣：几道？

学霸：思路有几个，房门锁就有几道。

学渣：如此，再纠缠于是哪一道，倒也确实无关紧要了。

学霸：是啊，任何一道门锁，都能将应试者拒之门外。

学渣：果然，又是一个“不一定”。

学霸：一题多思路，总是让导演有很多空间，去组合出很多的“不一定”。

学渣：不一定，也总是会带来不确定。

学霸：事实上，在不确定中脱颖而出的眼力，才是好眼力。

学渣：但我还是喜欢确定的东西。

学霸：人人都喜欢确定的东西。

学渣：可惜世上总是不确定的多，确定的少。

学霸：但多思路试题带来的不确定，恰恰又印证了一种确定。

学渣：什么？

学霸：认识的思路演员越多，试卷电影里的不确定，便肯定会越少。

学渣：这种确定性，估计谁都明白。

学霸：非常直白和浅显。

学渣：却也非常不招人喜欢。

学霸：但“减少了不确定”这种结果，你可喜欢？

学渣：自然喜欢，只可惜达到那结果的那个过程，我实在喜欢不起来。

学霸：可以理解，毕竟认识思路演员这件事，总没有认识现实演员那么令人轻松愉快。

学渣：准确地讲，是一点也不轻松，一点也不愉快。

学霸：这恰恰又印证了一个始终运行在世界上的、非常确定的法则。

学渣：说来听听。

学霸：绝大多数讨人喜欢的结果，往往需要经历一个一点儿也不轻松、一点儿也不愉快的过程。

学渣：免不了?

学霸：在其他星球上，也许能免。

学渣：我也去不了其他星球啊。

学霸：那恐怕就真的免不了了。

第五节　演技派与偶像派

学霸：有些思路演员，本身还算简单。

学渣：简单到什么程度?

学霸：理解它，使用的脑细胞不多。

学渣：那绝对是我喜欢的类型。

学霸：但简单的思路，也可能有着很好的演技。

学渣：好到什么程度?

学霸：能把试题角色演绎得无比复杂。

学渣：又能复杂到什么程度?

学霸：复杂到让应试者认为，解题思路也应该千回百转、无比复杂。

学渣：然后，应试者的思维，就往复杂的方向去了?

学霸：他们不辞辛苦地运用很烦琐的步骤，通过很烦琐的运算，得到了一个很烦琐的结果。

学渣：正确吗?

学霸：你觉得呢?

学渣：他们就没有一丝觉察?

学霸：他们甚至想到了那个正确的简单的步骤，但思路的演技太逼真了，以至于让一个想法总在应试者的脑子里盘旋，挥之不去。

学渣：什么想法？

学霸：怎么可能这么简单！一定不会这么简单！

学渣：这想法，恐怕坚定了他们去往复杂方向的决心。

学霸：义无反顾，勇往直前。

学渣：只可惜，付出烦琐的努力，却只会得到一个不着边际的结果。

学霸：还有一类思路演员，本身比较复杂，但却擅长演绎看起来异常简单的角色。

学渣：然后，应试者又往简单的方向去了？

学霸：寥寥几步，便得到一个他们认为非常合理的答案。

学渣：恐怕还是错的吧？

学霸：依然不着边际。

学渣：虽没有费力，但也依然可惜。

学霸：它们，就是思路演员中的演技派——能驾驭与自身完全相反的角色，能让人坚持错误、深信不疑，当然，最后也总能带来很多令人无奈的“可惜”。

学渣：不得不说，这种演技派，实在不招人喜欢。

学霸：也有招人喜欢的。

学渣：演技派？

学霸：偶像派。

学渣：这偶像派，又是什么派？

学霸：它们只能驾驭与自身类似的试题角色。

学渣：不再颠倒黑白，内外不一？

学霸：它们的演技，还达不到那种境界。

学渣：那就好，无论简单还是复杂，最起码直接明了，不玩阴招。

学霸：事实上，大多偶像派，都很简单。

学渣：那更好，现实偶像派养眼，思路偶像派省脑细胞，都是我喜欢的类型。

学霸：但有些偶像派，在有些时候，也会展示一下自己的表演技巧。

学渣：怎么？它们也想让应试者走错方向？

学霸：不，应试者完全可以认出正确的方向。

学渣：方向没错，就好。

学霸：方向虽没错，但那些表演技巧，却如同一个个悄然埋下的陷阱。

学渣：什么样的陷阱？

学霸：诸如一些小小的文字或数字的障眼法。

学渣：碰到会如何？

学霸：陷阱虽小，却也足够绊应试者一跤。

学渣：摔倒了？

学霸：摔倒了。

学渣：伤了？

学霸：小伤。

学渣：多小的伤？

学霸：虽然得到了属于正确步骤的那部分分数，但也摔掉了属于正确结果的那部分分数。

学渣：那这到底是幸运，还是不幸？

学霸：幸运的是，得到了部分，不幸的是，本该得到全部。

学渣：如此，还是很可惜啊！

学霸：思路演员的演技，总是伴着应试者的可惜。

学渣：还是现实中好。

学霸：何种好？

学渣：现实演员的演技，总是带给观影者愉悦，而不是可惜。

学霸：何种愉悦？

学渣：为精湛的演技、鲜活的角色而愉悦。

学霸：入戏了？

学渣：入戏了，角色喜，观影者也跟着喜，角色悲，观影者也跟着悲。

学霸：一样。

学渣：什么一样？

学霸：应试者的可惜，一样源自入戏。试题角色表现出简单或复杂，应试者便也跟着简单或复杂，他们的思维，已完全陷入角色之中。

学渣：听起来，这更像是一种戏弄。

学霸：入戏，某种程度上讲，就是被戏弄了。

学渣：思维一旦被戏弄，可不太好。

学霸：思维一旦被戏弄，便很容易做出那些南辕北辙之举。

学渣：我不想被戏弄。

学霸：没人想。

学渣：可有办法，不被戏弄？

学霸：跳到戏外，即可。

学渣：说得轻巧，你要知道，有些演技，只怕让人难以挣脱。

学霸：总被角色感染？

学渣：毫无抵抗之力。

学霸：总跟着喜怒哀乐？

学渣：完全情不自禁。

学霸：原来是这样。

学渣：难就难在这样。

学霸：这样，只是一种吸引力。

学渣：让人入戏的演技，必然很有吸引力。

学霸：如此，只需应对吸引力，就好。

学渣：听你的意思，吸引力很容易应对？

学霸：不难。

学渣：对你而言吧？

学霸：对谁都一样。

学渣：何以如此断言？

学霸：只因在现实中，我们都在从容地应对着各种吸引力。

学渣：有吗？我怎么一点也没觉察？

学霸：难道你就没遇到过好吃到让你连着吃多次的美食？

学渣：这个有。

学霸：难道你就没遇到过好看到让你连着看多遍的电影？

学渣：这个也有。

学霸：然后呢？

学渣：什么然后？

学霸：连着吃多次后，发生了什么？

学渣：突然觉得恶心了。

学霸：连着看多遍后，又发生了什么？

学渣：不经意间睡着了。

学霸：看吧，这就是吸引力的结局。

学渣：倒也确实荡然无存了。

学霸：都已被你生生杀死。

学渣：这算跳出戏外吗？

学霸：若吸引力已死，你想待在戏里都费劲。

学渣：倒也确实是个方法。

学霸：其实，也几乎没有其他什么方法了。

学渣：你在应试里也是这么做的？

学霸：所有能在应试里始终置身戏外的应试者，都是这么做的。

学渣：原来，所谓能让人南辕北辙的思路演技，在他们眼里，早已像吃得恶心的美食、看得昏昏欲睡的电影。

学霸：因为类似的表演，他们跟你对待美食和电影一样，也早已欣赏了不知多少遍。

学渣：然后，淡定地置身戏外？

学霸：然后，淡定地置身戏外。

学渣：吃多了会吐，看多了会烦，然后便不为所动，若说这道理，也真是简单。

学霸：事实上，世间几乎任何事情里的任何看似极不简单的淡定背后，也不过就是这么个极其简单的道理。

第六节 剧情

学霸：对于电影来说，剧情很重要。

学渣：这个自然。没有好剧情，演员的演技再好，也只会让人乏味。

学霸：对于剧情来说，悬念很重要。

学渣：这个也自然。看了开头便知结局，只会更让人乏味。

学霸：有些人，便总是品尝到那种乏味。

学渣：剧情毫无悬念?

学霸：事实上，悬念并不差。

学渣：他们有高人一等的推理能力？

学霸：他们也没怎么推理。

学渣：那他们如何得知?

学霸：他们只是看过太多电影，那些剧情设定，那些悬念伏笔，并非完全不同。

学渣：有类似的地方?

学霸：不但有，而且不少。

学渣：于是，他们凭借已知，成功地推断出了未知?

学霸：不但成功了，而且成功率还不低。

学渣：如此，倒让我想起一件事情。

学霸：什么?

学渣：武侠剧里面的主角，总会来到一处世外桃源，然后学到一身盖世武功，也总会误食某种东西，然后成就百毒不侵之躯。

学霸：你看，你也可以猜剧情了。

学渣：这可真是一种矛盾——看电影本是为了消除乏味，可谁知看得越多，却越觉乏味。

学霸：但这种乏味，也并非一无是处。

学渣：有什么好?

学霸：现实中，当然没什么好，但在试卷上，却不错。

学渣：试卷上?

学霸：试卷上，也有剧情。

学渣：我只看到，试卷上有试题。

学霸：有多少题?

学渣：很多。

学霸：多到容纳了所有题型？

学渣：没有。

学霸：所有难度？

学渣：没有。

学霸：所有考点？

学渣：也没有。

学霸：原来都没有。

学渣：自然都没有。再重要的试卷，也仅几张纸的容量，如何容纳所有？

学霸：如此，命题导演就要有所取舍了。而这取了什么又舍了什么，便正是试卷电影的剧情。

学渣：这样形容，倒也贴切。

学霸：如能猜到这样的剧情，你会觉得乏味吗？

学渣：猜到命题导演会选什么题型？什么难度？什么考点？

学霸：没错。

学渣：如此，绝不会乏味，反而可能会乏力。

学霸：此话怎讲？

学渣：高兴到乏力。

学霸：夸张了。

学渣：如真能猜到，绝不夸张。但是，真能猜到吗？

学霸：能。

学渣：那就神了。

学霸：不是神了，只是多了。

学渣：什么多了？

学霸：看过的试卷多了，很多，非常多。

学渣：跟现实中看多了电影一样？

学霸：一样因为多，也一样多到可以预测了。

学渣：如真能预测取舍，便可进行针对性的训练，那可是件大好事。

学霸：省时省力，合理分配，确实好。

学渣：完全找不到什么不好。

学霸：找不到吗？

学渣：能找到吗？

学霸：事实上，有时候，“不好”不用费力去找，它往往就藏在“好”里面。

学渣：“好”里面？那就更看不出来了。

学霸：预测的成功率越高，越容易形成一样东西。

学渣：什么？

学霸：思维定式。

学渣：定了又如何？

学霸：定了以后，一看到主角来到世外桃源，就认为他要学盖世武功了，一看到主角吃怪东西，就觉得他要百毒不侵了。

学渣：事实上，这样的定式思维，往往能得到准确的预测。

学霸：但在现实电影里，你肯定也遇到过，某些导演偏偏不给那种剧情，安排那种结局。

学渣：出乎意料？

学霸：意料之内的开端和发展，却有一个峰回路转的收尾。

学渣：事实上，转得越意外，观影者越享受。

学霸：观影者可以享受，应试者就完全称不上什么享受了。

学渣：试卷电影里，也有意外？

学霸：思维定式在哪，意外就在哪。

学渣：什么样的意外？

学霸：取舍中的意外。

学渣：舍了本该取的？取了本该舍的？

学霸：舍的，都可以取，只是不常取；取的，也都可以舍，只是不常舍。

学渣：原来是不常发生的，发生了。

学霸：可惜，思维定式的应试者，却依旧按照常常发生的，在安排自己的时间和精力。

学渣：如此，恐怕真要遇到意外了。

学霸：遇到了。意外的题型，意外的难度，意外的考点。

学渣：如此，恐怕也不得不丢分了。

学霸：丢了。习惯拿分的题型和考点，突然失去了掌控。

学渣：习惯遇到的，没遇到；习惯拿到的，也没拿到，这试卷上的意外，可真让人不习惯。

学霸：所以说，主角来到世外桃源，不一定会练就一身武功，还可能被困得终老一生；主角吃了某种东西，也不一定会百毒不侵，还可能拉肚子。

学渣：在考试中，遇到拉肚子的意外，总是不好。

学霸：如果只是拉肚子，也就罢了。

学渣：听起来，还有更严重的。

学霸：更严重的是，应试者有了想法。

学渣：什么想法？

学霸：关于自己的想法。

学渣：自己怎么了？

学霸：当习惯得到的没得到时，人总是容易在自己身上想。

学渣：在考试中想自己？那可不太妙。

学霸：越想越觉得是自己的问题。

学渣：在考试中怀疑自己？那更不妙。

学霸：越怀疑，越失分；而越失分，便越怀疑。

学渣：失了什么样的分？

学霸：失的分，本都该得到，本都习惯于得到。

学渣：失了多少分？

学霸：失的分，让应试者觉得，像是经历了一场重大事故。

学渣：那可真够糟的。

学霸：事故来，必然很糟。

学渣：那事故，一定会来？

学霸：疑心来，事故就会来。

学渣：那疑心，一定会来？

学霸：信心走，疑心自然来。

学渣：那信心，一定会走？

学霸：当应试者总是习惯拿到一些分数时，他们的信心，也就渐渐被绑在上面了。

学渣：什么上面？

学霸：那些分数上面。

学渣：意外夺走的，恐怕正是那些分数。

学霸：所以信心，也会被同时夺走。

学渣：如此说来，这一绑，倒也将意外和事故绑在了一起。

学霸：正所谓，前因后果，链式反应。

学渣：那又是谁，上的绑？

学霸：分数，是自己习惯得到的分数，信心，也是自己的信心，你觉得，还会是谁？

学渣：自己？

学霸：只能是自己。

学渣：绑得有多紧？

学霸：没有紧到解不开。

学渣：谁能解开？

学霸：解绑还需上绑人。

学渣：还是自己？

学霸：还是自己。

学渣：怎么解？

学霸：让意外夺去那些分数。

学渣：即使应试者不让，意外也会夺去那些分数。

学霸：但应试者并不情愿。

学渣：总习惯得到的东西，恐怕没人愿意失去。

学霸：所以，绳子永远在那里。

学渣：绳子？什么绳子？

学霸：不情愿的念头，正是绑住信心和那些分数的绳子。

学渣：绳子不除，如何解绑？

学霸：绑，需要绳子，但只有绳子，形不成绑。

学渣：还需要什么？

学霸：还需要将绳子打结。

学渣：这个结是……？

学霸：因不情愿而产生的不接受。面对失去，宁愿认为是自己的问题，也不接受意外。

学渣：但有些失去，偏偏可能是意外。

学霸：地球上，任何时间任何地方，都可能发生意外，这才是最不意外的事情。

学渣：意外若无法避免，那损失，怕是也不得不承受了。

学霸：既然不得不承受，何不坦然接受？

学渣：接受意外？

学霸：接受意外，包容损失。

学渣：那将如何？

学霸：那将得到一把剪刀。

学渣：可以剪断绳子？

学霸：一剪而开。

学渣：剪断了绳子，绑在一起的分数和信心，倒是就分开了。

学霸：一拍两散。

学渣：那意外会怎样？

学霸：既是意外，便依旧会带走那些分数。

学渣：信心呢？

学霸：已跟意外彻底分开的信心，自然留下了。

学渣：原来你刚才说的“让意外夺去那些分数”，其实是——只让意外夺去那些分数。

学霸：解了绑，意外只是意外，它能带走的也只有那些分数。

学渣：但分数一丢，总还是像拉肚子。

学霸：但如能避免一场重大事故，拉拉肚子又何妨？

第七节　新与旧

学渣：新人，真多。

学霸：你说的新人是……？

学渣：现实娱乐圈中，年轻的影视新人。

学霸：长江后浪推前浪，客观规律而已。

学渣：新思路，也真多。

学霸：你说的新思路又是……？

学渣：应试娱乐圈中，前所未见的解题思路。

学霸：你虽前所未见，但别人也许见过。

学渣：那倒有可能。

学霸：如此，新便不是新，而只是陌生。

学渣：于是，有些新，其实是旧？

学霸：百年前的思路，你今天也可能刚刚见到。

学渣：百年？那是够旧的，但应该也有新的吧？

学霸：这个“新”，说的又是……？

学渣：刚刚诞生的，不同于世上其他任何思路的，刚刚出现在某张试卷之上，从未出现在其他任何试卷上的新思路。

学霸：少。

学渣：少到什么程度？

学霸：少得你可能一个都遇不上。

学渣：难道，后浪不再推前浪？

学霸：即使有后浪，也推不动前浪。

学渣：前浪不肯退出舞台？

学霸：前浪不需要退出舞台。

学渣：此话怎讲？

学霸：此话，从人开始讲。

学渣：人？人有什么好讲的？

学霸：人都会老，都会病，都会死。

学渣：这个，自然无一例外。

学霸：于是，那些现实娱乐圈中的前浪们，即使再著名，再大牌，也会因为老、病、死，而退出舞台。

学渣：事实上，有些前浪还没老还没病还没死，但在后浪的冲击下，也不得不退出舞台。

学霸：但在应试娱乐圈里，思路演员却不是人。

学渣：当然不是。

学霸：所以它们不会老，不会病，不会死。

学渣：自然不会。

学霸：所以几百年前诞生的思路演员，可以与几十年前诞生的思路演员，同时出现在一张试卷电影里。

学渣：想想也确实是这么回事。

学霸：所以在命题导演眼里，几十岁和几百岁，没有什么优劣之分，而既没有优劣，后浪便推不动前浪，前浪也无须主动退出。

学渣：那岂不是——前浪后浪，一起兴风作浪？

学霸：应试舞台上，本就如此。

学渣：那岂不是——思路演员，只增不减？

学霸：虽说只会增，却也不会一直增。

学渣：不减，也不增？

学霸：增到最后，只能是不减也不增。

学渣：停住了？

学霸：停住了。

学渣：此话，又怎讲？

学霸：此话，从知识开始讲。

学渣：知识？什么知识？

学霸：考点背后的知识。

学渣：它们怎么了？

学霸：它们都非常基础。

学渣：入门之学，自然基础。

学霸：基础的东西，又都是最先诞生的东西。

学渣：基础如地基，自然要最先完成。

学霸：而最先诞生的，必然很老。

学渣：老？

学霸：那些定理、公式、诗词文章，近则数十年，远则百年千年，你说老不老？

学渣：这么说，是够老的。

学霸：因为很老，诞生很早，所以在距今很久很久以前，它们就开始被命题人用来创造试题，构建思路。

学渣：这些刚开始的试题和思路，应该是新的吧？

学霸：刚刚出炉，绝对全新。

学渣：后来呢？

学霸：后来，那帮人造不动了，新的一帮命题人，继续利用那些考点，去创造试题，构思解题思路。

学渣：再后来呢？

学霸："后来"，总是在不断重复"以前"。

学渣：命题人一代又一代？

学霸：是。

学渣：考点呢？

学霸：考点，还是那些考点。

学渣：听起来，有点一夫当关的意思。

学霸：但也终有招架不住的一天。

学渣：那天，如何？

学霸：那天，命题人发现，他们能想到的构思，都已经有人想过了，他们再也无法创造出见所未见的全新思路了。

学渣：他们造不出，还有后人。

学霸：到了那个时候，那种程度，已经与人无关。

学渣：那与什么有关？

学霸：你别忘了，考点背后的知识，都是一些入门的基础知识。

学渣：你的意思是？

学霸：深度有限的知识，就像一瓶容量有限的水，在被无数命题人一点点取走后，总有空空如也的时候。

学渣：如瓶中已空，换人倒也确实无用了。

学霸：更何况，贴着“基础”字样标签的瓶子，只能算一小瓶。

学渣：那恐怕只会空得更快。

学霸：瓶空之日，便是思路不再增加之时。

学渣：思路又不会如水一般蒸发、减少，这样以来，好像确实只剩下“不增不减”的状态了。

学霸：为何要加上“好像”二字？

学渣：去掉？

学霸：去掉。

学渣：如果这样，好像确实没什么全新思路了。

学霸：为何又要加上“好像”二字？

学渣：再去掉？

学霸：再去掉。

学渣：那便都是旧的了。

学霸：通通都是旧的。

第八节　相逢只为再相遇

学渣：所有的旧，有多少？

学霸：知识瓶中，水有多少，旧思路就有多少。

学渣：一个容量不大的瓶，即使装满水，似乎也没多少。

学霸：但即使只是基础，却也已经积累了千百年。

学渣：听你的意思，倒也不会少了？

学霸：更何况，一个思路，只相当于一滴。

学渣：一滴？

学霸：一滴。

学渣：一个瓶子，即使不大，恐怕也能装很多滴！

学霸：所以说，世上旧思路，多如水滴。

学渣：这可是个坏消息。

学霸：的确，总量越多，前所未见的，也只会越多。

学渣：前所未见的，若永远都不见，也就罢了。怕只怕，在最后那场考试中，突然见到前所未见的。

学霸：那时那地的初次见面，确实不太好。

学渣：那时那地的初次见面，何止不太好，简直很糟糕。

学霸：但那时那地的出现，却也不是任何旧思路的首次出现。

学渣：可在那时之前？

学霸：既为旧，那时之前，便早已出现。

学渣：可在那地之外？

学霸：既为旧，那地之外，便早已存在。

学渣：这么说来，那时那地的所有相遇，倒也都可以提前到其他时间，转移到其他地方了。

学霸：提前了的首次相遇，便让最后考试中的相遇，变成了再次相遇。

学渣：在终极考试里遇到曾经遇到过的，那绝对是每个应试者都向往的事情。

学霸：于是，提前了的首次相遇，也就变成了一种机遇。

学渣：什么机遇？

学霸：让终极考试里首次相遇的数量减少、再次相遇的数量增加的机遇。

学渣：这种机遇，真是不错。

学霸：这种机遇，都在海里。

学渣：海里？什么海里？

学霸：思路，在试题中的。而世间试题，一滴一滴地又汇聚成了一片海。

学渣：题海？

学霸：题海。

学渣：那可是个大地方。

学霸：所有的思路，都在那个大地方。

学渣：所有的思路，恐怕也都只会待在那个大地方。

学霸：于是所有的相遇，也都只会发生在那个大地方。

学渣：听起来，我得去海里了。

学霸：你去山里，肯定遇不到。

学渣：但海的大，恐怕会让相遇变得困难。

学霸：海的大，肯定会让相遇变得困难。

学渣：题海茫茫，波浪起伏，想想都令人头疼啊。

学霸：提前在题海里疼一疼，也许在最后那场考试里就不疼了。

学渣：你是说，用此疼去换彼疼？

学霸：你不肯换？

学渣：早疼晚疼，终究得疼。

学霸：早遇晚遇，终究还得遇。

学渣：如此说来，那些在终极考试里一点也不头疼的人，其实早就在海里疼过了。

学霸：那些在终极考试里没有一次遭遇的人，其实也早就在海里遭遇过了。

学渣：我刚才还憧憬着，提前相遇，也许就不必这么头疼了。

学霸：那你肯定觉得，提前相遇，就是一种遇。

学渣：不是遇，又会是什么？

学霸：你要知道，题海里的它们，不会排着队争抢着去跟你相会的。

学渣：明白了！看来我还得去找它们！

学霸：你也要知道，题海里的它们，四散在各处，也不会主动积聚在一起的。

学渣：明白了！看来我不但得去找它们，还得辛苦地去找它们！

学霸：你还要知道，你苦苦找到的它们，不是宝藏，不是美食，而只是一个个不讨人喜欢的试题思路。

学渣：看来，提前相遇这件事，不但不会不头疼，反而可能更加头疼。

学霸：最后，还有一件事。

学渣：说吧，已经如此头疼了，也就不在乎再疼点儿了。

学霸：你千辛万苦撮合了一次提前相遇，也许根本就不会在终极考试里再次相遇。

学渣：别说了，让我再疼会儿。

学霸：好吧，差不多也就这些疼了。

学渣：茫茫大海里，忍受着头疼，承受着枯燥，却只是在寻求一些不一定会再次相遇的初次相遇？

学霸：这种不一定，确实才是最令人头疼的。

学渣：但即使都这般头疼了，却还是有不少人，乐此不疲地整日待在里面。

学霸：那是因为他们都觉得，让首次相遇发生在海里，比发生在终极考试里，头疼的症状要轻得多。

学渣：但我还是有些无法释怀！

学霸：什么？

学渣：提前相遇这么一件好事，为什么偏偏要和头疼纠缠在一起！

学霸：谁让它对于要面对终极考试的应试者来说是一种机遇呢！

学渣：机遇又怎样？

学霸：你要知道，世间机遇，大多喜欢藏在令人头疼的困难之中。

学渣：照你这么说，我以后还得去更多像题海这样的地方里找机遇？

学霸：如果只是像，那可就幸福了。

学渣：什么意思？

学霸：以后人生中的机遇，可能藏在远比眼前的题海更让人头疼的地方。

学渣：你把以后描述得这么令人头疼，我都不知该如何面对以后了。

学霸：你是不知该怎么面对以后的头疼吧。

学渣：你可有什么好的建议？

学霸：我的建议是，暂且别管以后，先试着承受题海里的头疼吧。

学渣：我不管以后，以后让我头疼的事情，便会减少？

学霸：不会。

学渣：那你的建议也不怎么样。

学霸：但以后让你头疼的事情，可能就不觉得有那么头疼了。

学渣：这是为何？

学霸：因为长期浸泡在题海这个总是让你头疼的地方，反而无形中提升了你的疼痛耐受能力。

学渣：你是说，会习惯于那种程度的痛感？

学霸：而一旦习惯了某种程度的痛感，当再面对更高程度的痛感时，自然也将轻松许多。

学渣：倒是真没想过，茫茫题海，还有这种作用。

学霸：只想着令人神往的提前相遇了？

学渣：也在想着题海里的提前相遇，若是最终没有实现为终极考试里的再次相遇，究竟会有多懊恼。

学霸：懊恼是可以理解的，但也懊恼得有些早了。

学渣：是啊，如你所言，为了多拿一分而在题海里的头疼经历，即使最终没有多拿一分，也会让自己的耐受能力增强一分。

学霸：一分的分数，也许只能让你受益一时，可这多出一分的耐受能力，则绝对会让你受益一世。

第三章 应试餐厅

第一节 难吃的菜肴

学渣：如何掌握考点?

学霸：把它吃掉。

学渣：我问的是考点，不是糕点。

学霸：我既吃糕点，也吃考点。

学渣：考点能吃?

学霸：把考点当成菜肴，那学考点，其实就是在吃菜肴。

学渣：你吃得下?

学霸：你吃不下?

学渣：如果考点是菜肴，那它似乎太难吃了。

学霸：不是似乎，而是确实很难吃。

学渣：你也觉得难吃?

学霸：但凡厌烦应试的人，都会觉得难吃。

学渣：你也厌烦应试?

学霸：应试这件事儿，本来就很令人厌烦。

学渣：既然觉得厌烦，觉得难吃，你还能吃得下?

学霸：能。

学渣：为什么能?

学霸：因为我是自愿吃的。

学渣：我也是自愿吃的，没人拿枪指着我，但为什么我总是吃不下?

学霸：吃下去真的很难?

学渣：难，难于上青天。

学霸：比厨师还难？

学渣：厨师？什么厨师？

学霸：烹饪出那些考点菜肴的厨师。

学渣：你是说，编课本的人？

学霸：编课本的人，只是把已经创造出来的考点会集在书上，所以更像在从事一种把成品菜肴从后厨端到餐桌上的工作。

学渣：这么说来，他们只是餐厅里的传菜员了。

学霸：传菜员是搬运者，而我说的厨师，则是最初的发现者、创造者。

学渣：若说那些人，可就相当遥远了。

学霸：他们大多数早已是历史书中的人物了。

学渣：何止是人物，简直个个都是大人物。

学霸：那些大人物们，探索出了规律，创造出了知识体系，然后才有了一个个从中衍生出来的考点。

学渣：那些人够伟大。

学霸：那些人也够难。

学渣：有多难？

学霸：一个知识，描述它可能只需要短短一句话，但寻找它，却可能需要付出十年、二十年，甚至一辈子的时光。你说这难不难？

学渣：难。

学霸：如果只是付出时光也就罢了，可事实上，在很多时候，他们必须付出更珍贵的东西。

学渣：比如说。

学霸：比如说正常的生活，健全的身体，乃至于整个生命。

学渣：如此，真够难！

学霸：就是在那么难的处境下，厨师们依然义无反顾地选料、烹饪，最终做出了一道道考点菜肴，而我们呢？

学渣：我们？我们都只是应试者。

学霸：是啊，我们都只是应试者，仅仅需要拿起筷子吃掉那些菜肴的应试者。

学渣：听起来，够简单。

学霸：事实上，做起来也不难。

学渣：但考点菜肴很难吃这件事，同样是事实。

学霸：吃下难吃的菜，需面对的难，会比那些厨师还难？

学渣：那倒不会。

学霸：我也觉得不会。

学渣：你的意思是，当你觉得厨师很难时，就不觉得菜肴难吃了？

学霸：菜肴依然难吃，但每当我面对如此难吃的菜肴时，总会想到一个问题。

学渣：什么？

学霸：如果有两个选择，一是身体残疾甚至献出生命，二是吃下难以下咽的饭菜，你选哪个？

学渣：选后者。

学霸：我也选后者，所以，我就吃下了那些菜肴。

第二节 餐厅里的服务员

学霸：什么地方，有各色菜肴？

学渣：当然是餐厅里。

学霸：如此，学校也是一个餐厅，一个提供考点菜肴的应试餐厅。

学渣：照这么说，我每天都待在餐厅里。

学霸：你觉得那个餐厅如何?

学渣：里面的菜肴，很难吃。

学霸：其他的呢?

学渣：若一个餐厅连一道好吃的菜都做不出，还谈什么其他。

学霸：话虽如此，但我觉得还是有必要谈一谈那里的服务员。

学渣：应试餐厅里也有服务员?

学霸：那里不但有服务员，而且有世界上最好的服务员。

学渣：有多好?

学霸：全心全意对顾客好。

学渣：这恐怕是任何餐厅都会对服务员提出的要求。

学霸：但其他任何餐厅里的服务员，其实都做不到。

学渣：应试餐厅里的服务员，做到了?

学霸：他们无微不至，并且心甘情愿。你高兴，他们比你更高兴；你苦恼，他们比你更苦恼。为了你，他们甚至能牺牲一切。

学渣：我想确认一下，你是在说服务员吗?

学霸：是。

学渣：世上真有这样的服务员?

学霸：有。

学渣：我还以为，世上只有自己的父母，才会这么对待自己。

学霸：其实我说的，正是父母。

学渣：不明白你的意思。

学霸：我问你，在一个餐厅里，服务员的工作是什么?

学渣：为顾客提供便利服务，让其更加顺利地用餐。

学霸：那在漫长的应试岁月里，你总需要吃饭睡觉吧？

学渣：当然，我又不是机器人。

学霸：那你吃的食物，是谁给你的？

学渣：父母。

学霸：你睡觉时需要的房屋、床铺，是谁给你的？

学渣：父母

学霸：你生病时需要的药品、照顾，又是谁给你的？

学渣：还是父母。

学霸：既然应试者能够顺利应试所需要的一切，都是父母给的，那他们就是餐厅里全心全意为你服务的服务员。

学渣：若他们成了服务员，倒也真没其他人，能比之更周到的了。

学霸：有他们在，应试餐厅里将拥有最舒适的用餐环境，最贴心的服务，你能想到的，他们都能做到，你想不到的，他们也能做到。

学渣：这几句听起来像广告词。

学霸：事实上，再夸张的广告词，都不足以形容父母的服务。

学渣：这点我承认。

学霸：所以我一直认为，应试餐厅是世界上服务最好的餐厅。

学渣：可惜，再好的服务，也掩盖不了菜肴难吃的事实。

学霸：面对这个事实时，你或许可以想想另一个事实。

学渣：什么？

学霸：你的父母，为了能提供那样的服务，会付出些什么？

学渣：他们肯定不容易。

学霸：那他们的不容易，与你面对难吃菜肴的不容易相比，哪个更不容易呢？

学渣：他们必然更不容易。

学霸：我也觉得他们更不容易，而当我一旦有了这样的想法，再去吃那些难吃的菜肴时，就真的没有那么不容易了。

第三节 调味料，调味师

学霸：考点菜肴难以下咽。

学渣：我举双手赞成你这句话。

学霸：但难以下咽的东西，却不一定难吃。

学渣：不难吃，还能怎样？

学霸：还有可能只是不合口味。比如臭豆腐，有人觉得无法接受，但也有人视之为美味。

学渣：那考点菜肴的难以下咽，算什么？

学霸：也许，也算是个臭豆腐。

学渣：你是说，会有像喜欢臭豆腐那样喜欢应试的人？

学霸：应该有。

学渣：你是说，他们吃起考点菜肴来，会觉得无比美味？

学霸：应该会。

学渣：可惜，我不是那样的人，我没有那样的口味。

学霸：事实上，大部分人都没有那样的口味，因为考点菜肴的味道，实在不符合大众口味。

学渣：但绝大多数时候，大众们又不得不吃下那样不符合大众口味的菜肴。

学霸：这确实是个进退两难的局面。

学渣：更糟糕的是，如此进退两难的局面，目前看起来几乎无法改变。

学霸：无法改变？那倒不一定。

学渣：能改变什么？自己的口味？还是考点菜肴的味道？

学霸：这两样东西，只怕都变不了。

学渣：那凭什么改变？

学霸：也许，可以试着往菜肴里添加点儿东西。

学渣：添加东西？加什么？

学霸：你刚才说自己不喜欢吃臭豆腐？

学渣：难以下咽。

学霸：那你喜欢什么口味？

学渣：甜。

学霸：蜂蜜算吗？

学渣：只要是甜的，都算。

学霸：假如有一块涂了蜂蜜的臭豆腐，你能否吃得下？

学渣：这种吃法我还真没试过，但恐怕够呛，毕竟表面再甜，也改变不了里面的味道。

学霸：那假如有两块臭豆腐，一块有蜂蜜，另一块没有蜂蜜，你选哪块？

学渣：必须选一块？

学霸：必须选一块。

学渣：那我肯定选有蜂蜜的。

学霸：如此，涂了蜂蜜的臭豆腐，即使你依然不接受，却变得比以前更容易接受了。

学渣：这倒确实如此。

学霸：臭豆腐如此，考点菜肴同样如此。

学渣：怎么？也可添加蜂蜜？

学霸：酸甜苦辣，可添任何让菜肴更容易被接受的调味料。

学渣：现实里的调味料很好找，但应试里的又是什么？

学霸：应试里的调味料，常常由调味师掌握着。

学渣：调味师？那又是什么？

学霸：那是应试餐厅里特有的一类职业。

学渣：专门负责调味？

学霸：那正是他们的工作。

学渣：要对如此难吃的菜肴进行调味，他们的工作绝不好做。

学霸：那正是一项很辛苦的工作。

学渣：他们到底是谁？

学霸：老师。

学渣：老师？应试者们几乎每天都会见到的老师？

学霸：应试者们几乎每天都会见到的老师。

学渣：他们是在调味？

学霸：难道你觉得他们是在创造？

学渣：若说创造，倒都已被历史大人物们做了。

学霸：难道你觉得他们是在搬运？

学渣：若说搬运，倒也都已被编书者做了。

学霸：他们既没创造又没搬运，他们想方设法、绞尽脑汁，都只是为了让应试者更容易接受那些已被创造出来并且已被搬运到书本上的考点。

学渣：如此，倒真的是在调味了。

学霸：一心一意地在调味。

学渣：如此，倒真的是调味师了。

学霸：应试餐厅里，名副其实的调味师。

第四节　调味有风险，调味师须谨慎

学渣：调味师的调味料，到底是什么？

学霸：那要看调味师在做什么。

学渣：他们？他们做的最多的，应该是讲课。

学霸：讲什么？

学渣：课本。

学霸：怎么讲？

学渣：用嘴讲。

学霸：若是“讲”，倒也真没其他器官能胜任了。

学渣：除了用嘴讲，还会用手写，在黑板上写。这一讲一写，便几乎是老师们在课堂上的所有活动了。

学霸：他们讲的时候，是在单纯复述课本上的内容？

学渣：不是。

学霸：他们写的时候，是在单纯抄写课本上的内容？

学渣：也不是。

学霸：如此，在“讲”和“写”里面，还包含了其他东西，那是属于他们自己的东西。

学渣：这个自然，他们又不是复读机，也不是复印机。

学霸：他们也没有创造出新考点，所以那些“其他东西”，不是菜肴。

学渣：恐怕不是。

学霸：但他们又确实是在讲考点，所以那些“其他东西”，也的的确确被加入了菜肴里。

学渣：你的意思是，其他东西就是调味料？

学霸：其他东西就是调味料。

学渣：那“其他东西”里，又有些什么东西？

学霸：有对考点的解读，有对节奏的掌握，有对重点的把握，等等等等。

学渣：听起来，老师们围绕课本的所有行为和布置，都可称为调味料了。

学霸：这只是课上的部分。

学渣：怎么，难道还有课下的部分？

学霸：课下，他们会和应试者聊天，吃饭，甚至玩闹。

学渣：这些也算？

学霸：这些相处，恰恰是调味师了解应试者口味的重要途径。

学渣：相处后，再依此调味？

学霸：事实上，相处中，调味已在进行。

学渣：但那些并非在讲课。

学霸：调味也并非全部与讲课有关。

学渣：还与什么有关？

学霸：一些鼓励，一些建议，甚至简单的点头、微笑，都可以成为讨好应试者口味的调味料。

学渣：如此，调味师的调味手段，可真不少。

学霸：这也只是主动的部分。

学渣：主动？什么意思？

学霸：意思是，还有被动的调味。

学渣：如何算被动？

学霸：有些调味料，并非调味师所愿，但也被添了进去。

学渣：比如？

学霸：比如，不太好的心情。

学渣：什么让他们心情不好?

学霸：可以是任何事情。

学渣：不只与工作有关?

学霸：甚至可以与不小心摔了一跤有关。

学渣：不好的心情，影响了授课?

学霸：不好的心情，甚至只影响了一个表情，一个动作。

学渣：然后那个表情那个动作，又带给应试者负面影响?

学霸：在影响应试者时，老师们又甚至都毫不知情。

学渣：如此，倒真是够被动的。

学霸：根本无法觉察和控制的一种被动。

学渣：这么说的话，调味师与应试者的任何接触，都可能是在调味了。

学霸：一举一动，无时无刻，有意无意，喜怒哀乐。

学渣：但那些不自觉的被动调味，总是不好的。

学霸：那些不自觉的被动调味，也总是源自一些不起眼的点滴之事，而点滴之事，谁又能完全避免呢?

学渣：若无法完全避免，那调味师真正调出的味道，恐怕就不一定是他们想要调出的味道了。

学霸：无数个或大或小、可见不可见的因素，在时刻干扰着调味料的配制。

学渣：那调味师的工作，可就不好干了。

学霸：调味有风险，调味师须谨慎。

第五节 规矩与僵局

学渣：须谨慎的调味师，到底应多谨慎?

学霸：一言一行一举一动，都应反复斟酌。

学渣：斟酌什么?

学霸：斟酌会给应试者带来何种影响。

学渣：若说影响，无外乎三种——正面、负面、无影响。

学霸：调味师始终在尽力地消除负面，放大正面。

学渣：有点如履薄冰的意思了。

学霸：履过那层薄冰，方能制出纯正的调味料。

学渣：如此得来的调味料，倒还真令人期待。

学霸：调味师同样期待，他们信心满满地将其加入菜肴中。

学渣：然后呢?

学霸：然后他们看到，在餐桌前举着筷子、期待这盘菜的应试者，有很多。

学渣：有多少?

学霸：几十个。

学渣：这么多?

学霸：一个班的应试者，向来都这么多。

学渣：哦，原来是一个班的。

学霸：一个老师，向来是同时给一个班的学生授课。

学渣：恐怕，有的老师，还会轮流给几个班授课。

学霸：一个老师面对多个学生，这不管在什么地方，都是最常见的安排。

学渣：恐怕，这不管在什么时代，也都是最常见的安排。

学霸：于是，这种最常见的安排，便成了应试餐厅里的规矩。

学渣：绝对是存在很久的老规矩。

学霸：餐桌上的人多了，调味师要面对的不同口味，自然也就多了。

学渣：即使有口味相同的，倒也不太可能全部相同。

学霸：但世上任何调味料，都只有一种味道。

学渣：这样的话，只一种调味料，怕是不够了。

学霸：是啊，一种味道应付多种口味，结果只能是众口难调。

学渣：但身为调味师，也总不能只顾此口味、不顾彼口味吧？

学霸：是啊，难调的众口，又都充满期待，又都得调。

学渣：我还以为，调味师们谨慎地履过薄冰，辛苦地制出了一种纯正的调味料，已经算成功了。

学霸：在老规矩下，在众口味期盼中，那可不够，远远还不够。

学渣：不够的话，只好继续履薄冰，继续造新的调味料了。

学霸：薄冰虽然不好履，但更多的时候，却是想履都履不得。

学渣：这话从何说起？

学霸：这话，得从应试是一件与思维有关的事情说起。

学渣：那确实是由脑子而不是四肢决定的。

学霸：而思维这东西，有点特别。

学渣：说来听听。

学霸：世上几乎找不到思维方式完全相同的两个人。

学渣：世上恐怕连相貌完全相同的两个人都找不到，更别说抽象而复杂的思维了。

学霸：思维的这种独特性，体现在应试中，正是口味。

学渣：那就是说，符合了某种口味，便是合乎了某种思维方式？

学霸：合乎了某种思维方式的授课方式，也便是符合那口味的调味料。

学渣：这样一来，要满足餐桌上的所有口味，便不得不按照所有的思维方式，设计出各自的授课方式了。

学霸：如此，调味师方能功成身退，众口味亦可心满意足。

学渣：如此，调味师们可得辛苦辛苦了。

学霸：若辛苦辛苦即可，也就谢天谢地了。

学渣：你的意思是……？

学霸：授课，同样是一件与思维有关的事情。

学渣：那确实也是由脑子而不是四肢来决定的。

学霸：所以授课方式，同样取决于思维方式。

学渣：它也是独特的？

学霸：一旦牵扯到思维方式，往往都是独特的。

学渣：独特的授课方式，还怎么变？

学霸：独特的东西之所以独特，恰恰是因为它从不轻易改变。

学渣：授课方式不改变，还怎么去迎合不同的口味？

学霸：授课方式不改变，也只能够迎合思维方式与之相同的那部分口味。

学渣：这样的话，其他口味怎么办？

学霸：若其他口味能主动求变，反去迎合已无法改变的授课方式，倒也就好办了。

学渣：但口味，不也正源自无法改变的思维方式吗？

学霸：是啊，那也是个固执的东西。

学渣：听起来，固执的众口味，遇上了固执的调味师。

学霸：固执的双方，固执地坚守着各自的独特，最后只让聚餐变成了僵持，让饭局变成了僵局。

第六节 口味的困局

学霸：僵局之下，菜上桌了。

学渣：加过调味料了?

学霸：加了。

学渣：加了什么味的?

学霸：甜的。

学渣：好，正合我的口味。

学霸：但与你同餐桌的某些人，却喜欢辣。

学渣：不喜欢甜?

学霸：不喜欢，但也不讨厌。

学渣：那等到的调味料对他们来说，却是白等了。

学霸：还有些与你同餐桌的人，则讨厌甜。

学渣：讨厌的菜肴上偏偏又加了讨厌的调味料?

学霸：双重讨厌，倍加难咽。

学渣：那等到的调味料对他们来说，却还不如不等了。

学霸：白等的人和不如不等的人，都渐渐变得沮丧。

学渣：可以理解，毕竟他们每天坐在教室里，不是在等火车，而正是在等一个理想的调味料。

学霸：就这样，你沮丧，我沮丧，很多人在沮丧。

学渣：好好的饭局，最后竟变成这么一个令人沮丧的局面。

学霸：最后?不，不，不，这还远远不是最后。

学渣：还能怎样?

学霸：沮丧的应试者，难免会想，为什么会这样沮丧。

学渣：也可以理解，毕竟在沮丧之前，人人都充满期望。

学霸：问题恰恰就在这个“期望”上。

学渣：不应有期望？

学霸：期望自然要有，只是有些人的期望，过大了。

学渣：大到什么程度？

学霸：大到已有些盲目。

学渣：盲目？

学霸：盲目地相信调味料必然有效。

学渣：若必然有效，也就不会有这么多沮丧了。

学霸：所以盲目者在思考为什么会这样沮丧的时候，总是这样想——必然有效的调味料，怎么在自己身上就变得无效了呢？

学渣：这样想，只怕很容易质疑自己。

学霸：调味料在心中的不可置疑性，让他们也只能去质疑自己。

学渣：于是，即使是调味料的问题，也被想成了自己的问题？

学霸：调味料的问题？

学渣：调味料没有问题？

学霸：喜欢辣，也不应该认为甜的调味料本身有问题。

学渣：也对，那只是口味匹配问题。

学霸：可能大多时候，应试中的问题大多在自己身上，但调味料的口味匹配问题，却也是一个始终都存在的问题。

学渣：若真是口味匹配问题，就不该去想自己的问题了。

学霸：若真是口味匹配问题，却偏去想自己的问题，那才是自己真正的问题。

学渣：这么看来，口味问题，还带来了不少其他问题。

学霸：世上大多数问题，都不会安分守己，都喜欢带来点儿其他问题。

学渣：令人头疼的喜好。

学霸：也是令人欣慰的喜好。

学渣：这话怎么说？

学霸：那喜好，让问题们环环相扣，解决了一个，就有可能解决很多。

学渣：这么说，解决了口味问题，其他问题便能迎刃而解？

学霸：僵局之下，必然会存在口味问题。

学渣：这么说，化解了僵局，口味问题便也不再是问题？

学霸：在一对多的规矩下，去做与思维有关的事情，难免会出现僵局。

学渣：这么说，改变了那个老规矩，僵局即可不僵？

学霸：那样，确实是让众多问题自行消失的终极之道。

学渣：问题是，怎么改？

学霸：既然想从根源上改，那最好能彻底地改。

学渣：彻底到什么程度？

学霸：将一对多，改成一对一。

学渣：一对一指的是……？

学霸：喜欢辣的，就让善于制辣的调味师负责；钟情甜的，则让精通制甜的调味师负责。一个对一个，人人都满意。

学渣：这样，甚好。

学霸：这样，老规矩下的所有问题，都将随着老规矩的离去，而离去。

学渣：这样，教室里有多少学生，就得有多少老师了。

学霸：既然是一对一，那必然会这样。

学渣：但这样，现实吗?

学霸：首先，必须实现有多少老师就有多少学生。

学渣：这个太难了。

学霸：再者，必须让每个学生都遇到跟自己思维方式一致的老师。

学渣：这个更难。

学霸：所以，一旦这两个难题横在眼前，基本就是不现实了。

学渣：不现实的解决之道，再彻底又有何用?

学霸：那就只好再从另一面去想想办法了。

学渣：另一面是哪一面?

学霸：老规矩是一面，思维是另一面，两者共同导致了僵局。

学渣：你是说，改不了规矩，去改思维?

学霸：若思维容易改，僵局早就不存在了。

学渣：那你想怎么样?

学霸：我不想改思维，我只想找一种思维。

学渣：哪种?

学霸：那种思维创造出来的调味料，能满足所有的口味。

学渣：万能调味料?

学霸：可以这么理解。

学渣：会有吗?你要知道这世上口味万千，任何味道，哪怕再受欢迎，也难免会被一些人排斥。

学霸：所以我想来想去，也只想到了一种。

学渣：还真让你想出来了。

学霸：既然任何味道都无法避免被排斥，那只有不含任何味道的调味料，才能被所有人接受。

学渣：不含任何味道?

学霸：比如说，水。

学渣：不含任何味道，如何调味？

学霸：调不了。

学渣：若不能调味，有何用？

学霸：完全没用。

学渣：就这样了？

学霸：就这样了。

学渣：于是，我们聊了半天，却只想到一个不现实的方法，和一个完全没用的方法？

学霸：恐怕，是这样。

学渣：这样看来，此饭局何止是僵局，我看更像一个困局，让每个局中人根本无法动弹的困局。

第七节　调味师的探索

学渣：很难能想到，教书育人的学校里，会有那样的困局。

学霸：世上大多学校，在帮着口味相符之人的同时，也总在困着口味相逆之人。

学渣：若为解脱被困者而变换口味，曾经得到帮助的人，恐怕又要被困住了。

学霸：所以，那样做，只是在转移困境，而不是在化解困境。

学渣：难道这局面已无解？

学霸：我记得咱们讨论过两个破解之道。

学渣：那你是否记得，它们之中，一个不现实，另一个则完全无用？

学霸：其实，调味师们也在努力探索。

学渣：可有进展？

学霸：根本上的破解之道，恐怕只有那两个。

学渣：那是不是意味着，调味师们的探索，也只是白忙活？

学霸：不至于，因为破解虽无门，缓解却有道。

学渣：缓解？调味师们探索出了缓解之道？

学霸：缓解之道，虽无法彻底解除困局的束缚，但至少能让束缚变得松弛一些。

学渣：松弛一些，也不错。

学霸：松弛一些，被困的人便少一些。

学渣：那么，从何而来的缓解之道？

学霸：因变而生的缓解之道。

学渣：原来还得依靠变。

学霸：那即使破不了困局，也是应对困局的唯一手段。

学渣：既如此，变在何处？

学霸：一对多的规矩，寄生于现实，调味师们实在无力去变。

学渣：那就只剩下思维了。

学霸：思维又是世上最自我的东西，外力也实在无孔可入。

学渣：那就只剩下自己的思维了。

学霸：调味师们自己，也是这么想的。

学渣：但要改变自己用了几十年的思维方式，谈何容易。

学霸：为解决难题而去变，甚至比难题本身还难。

学渣：可也并非不可能。

学霸：艰难，但可能。

学渣：有调味师做到了？

学霸：做到了。比如甜味思维的调味师，也终于制出了辣的调味料。

学渣：就造出一种新的？

学霸：只这一种，已属不易。

学渣：但餐桌上，恐怕不止甜和辣。

学霸：餐桌上，即使只有辣，也还可能有微辣、中辣、特辣的口味轻重之别。

学渣：那只造出一种，可远远不够。

学霸：调味师们只得继续改变。

学渣：难为他们了。

学霸：造出的新口味越多，再继续造下去的难度就越大。

学渣：这么说，总有一天，难度会超出他们的能力。

学霸：那天以后，他们将再也造不出新口味。

学渣：那他们已经造出了几种？

学霸：在改变自己这件事上，人与人的能力之间，有差异。

学渣：于是他们各自手里的调味料数量，也有差异？

学霸：有的多，有的少。

学渣：数量多，总应该比数量少，要好。

学霸：所以老师的水平，也不尽相同。

学渣：原来差别在这儿。

学霸：差别一直在这儿。

学渣：数量多，意味着老师可以转变的思维方式多？

学霸：那正是调味料的本质。

学渣：而这些思维方式，又与应试者们的思维方式相同？

学霸：那正是“调味料符合口味”这件事情的本质。

学渣：如此，每一种调味料，应该都是老师和应试者在思维方式上共性的东西了。

学霸：可以这么说。

学渣：这倒与我曾经的印象恰恰相反。

学霸：你曾经的印象是……？

学渣：我曾以为，个性的老师，往往水平很高。

学霸：个性的东西，只是容易令人印象深刻，但共性的东西，才能为人解惑，才能让人解脱。

第八节　最好与最坏

学渣：水平最高的调味师，能拥有多少种调味料？

学霸：拥有的调味料最多，不一定水平就最高。

学渣：怎么？数量决定不了水平？

学霸：数量，不足以完全决定水平。

学渣：那还有什么决定因素？

学霸：还有调味料的味道。

学渣：味道也有优劣之分？

学霸：味道有纯正不纯正之分。

学渣：所谓纯正，指的是……？

学霸：甜就是甜，辣就是辣，不偏不倚，地地道道。

学渣：听你的意思，像是还有调味师，将甜造得不像甜，将辣造得不像辣。

学霸：说到这个问题，便又得聊一聊思维那东西了。

学渣：聊它的什么？

学霸：聊它的固执。

学渣：我记得咱们已经聊过了。

学霸：咱们聊过的，还不是它全部的固执。

学渣：它还能怎么固执?

学霸：它固执得即使已被改变，也极有可能随时再变回去。

学渣：你是说，有些调味师，本想造辣，结果造成了甜?

学霸：更大的可能是，他们最终造得又辣又甜。

学渣：这倒也是一种滋味。

学霸：但造这种滋味的调味师，却始终认为自己是在造辣。

学渣：自己都不知道自己的思维，已绕回去了?

学霸：思维的固执，很多时候，就是这么悄无声息。

学渣：那这个调味师，恐怕要把那种滋味的调味料，配给喜欢辣的应试者了。

学霸：那个喜欢辣的应试者，又可能偏偏讨厌甜。

学渣：那就不合适了。

学霸：不合适的事情若很多，就算调味料再多，也是糟糕的。

学渣：如此，味道的纯正与否，倒也确实举足轻重。

学霸：所以说，拥有纯正调味料数量最多的调味师们，往往才是最好的。

学渣：那样好的调味师，有多少?

学霸：最好的，往往最少。

学渣：但所有的应试者，都渴望遇到最好的。

学霸：狼多肉少，想遇到最好的，往往需要好运气。

学渣：恐怕，需要最好的运气。

学霸：但有时候，对有些应试者来说，这个最好的运气，却又是最坏的运气。

学渣：坏?都遇到最好了，还会坏?

学霸：坏就坏在，他们遇到的调味师，实在太好了。

学渣：这话，我无法理解。

学霸：那些调味师，声名显赫，似乎没有应付不来的口味。

学渣：这话，我更想不出有什么坏。

学霸：但由于思维的固执，他们当然也不可能造出所有味道的调味料，以应付所有的口味。

学渣：能覆盖所有的全能者，这世上确实不好找。

学霸：而既然存在应付不来的口味，便有可能遇上这种口味。

学渣：这样的相遇，只怕又要产生口味问题了。

学霸：最好的，往往带来最大的希望，但当最大的希望也落空后，往往又将产生最大的失望。

学渣：最大有多大？

学霸：大得能让失望变成绝望。

学渣：对最好的调味师也绝望了？

学霸：最好的调味师，所拥有的辉煌历史，早已在人们脑中形成一个定式——遇上他们，就没有问题了。

学渣：但问题是，遇上他们后，还是出了问题。

学霸：如此，应试者身边的那些人，便产生了疑问：别人都没问题，怎么偏偏他有问题。

学渣：原来又想到应试者身上了。

学霸：父母想到他身上了，同学想到他身上了，就连调味师们，也不禁想——那么多调味料，他怎么都不满意。

学渣：原来又都想到应试者身上了。

学霸：当身边人的想法都在应试者身上时，应试者自己，也很难不往自己身上想。

学渣：这么说来，因口味问题而产生的失望，也就变成了对自己的失望？

学霸：自然而然。

学渣：这么说来，因失望过大而导致的绝望，也就变成了对自己的绝望？

学霸：无可奈何。

学渣：若是这样的结果，那个看上去很好的运气，倒也真成了一种实实在在的坏运气。

学霸：最好的调味师，满足着最多的口味，却也在无形中，让一些不合口味的应试者陷入最绝望的境地。

学渣：看来好与坏，也可不分家。

学霸：其实好与坏，常常不分家。

第九节　等与找

学渣：缓解之道，终究不是破解之道。

学霸：那确实解脱不了所有的被困者。

学渣：于是有些人，注定将始终被困在困局之中？

学霸：那些被困者，或许早该想想了。

学渣：想什么？

学霸：想想自己，到底是想等到调味料，还是想得到调味料。

学渣：若不想得到，谁又会去苦等？

学霸：若真想得到，又何必非要苦等？

学渣：等不到，如何得到？

学霸：等不到，还可以去找。

学渣：自己找调味料？

学霸：自己找调味料。

学渣：去哪找？

学霸：此餐桌上没有，还可以去彼餐桌上找。

学渣：你是说，学校里的其他老师？

学霸：此餐厅里没有，还可以去彼餐厅找。

学渣：你是说，其他学校里的老师？

学霸：餐厅里没有，还可以去餐厅外面找。

学渣：你是说，业余的家庭教师？

学霸：你好像只想到了老师。

学渣：调味料不都在老师身上吗？

学霸：调味料在调味师身上。

学渣：调味师不就是老师吗？

学霸：老师是调味师，但调味师，却不一定是老师。

学渣：不是老师，还能是什么人？

学霸：任何人，甚至不是人。

学渣：其他人，或不是人的东西，也可像老师一样？

学霸：你还是只想到了老师。

学渣：我以为调味料，总应是老师般的所作所为。

学霸：老师般的所作所为，是调味料，但调味料，却不一定是老师般的所作所为。

学渣：还能是什么？

学霸：任何所作所为。

学渣：你一直在用“任何”二字。

学霸：因这两个字，用在这里很合适

学渣：但这两个字，实在让人找不到方向感。

学霸：那你可明白，为何要去追求调味料？

学渣：为了更容易吃下考点菜肴。

学霸：如此，能让你更容易吃下考点菜肴的任何所作所为，都是调味料，拥有那些调味料的任何人或物，都是调味师。

学渣：但也总应该是些具体的作为，具体的人或物吧？

学霸：具体？

学渣：具体。

学霸：我不知道。

学渣：你会不知道？

学霸：我是说，我不知道你的调味料，具体会是什么。

学渣：那你可知道你的？

学霸：我只知道我的。

学渣：那我的呢？

学霸：你的，当然也只有你自己才会真正知道。

学渣：自己？

学霸：应试，永远都是自己的事情。

学渣：真正？

学霸：思维的自我偏好，外人外物若想完全感知，谈何容易。

学渣：你的意思是，按照自己的思维偏好，自己去找？

学霸：自己找到的，才最适合自己，哪怕世界上其他任何人，都觉得不适合。

学渣：那你的意思是，想找什么找什么，找到什么算什么？

学霸：一颗路边的石头，都可能给你启发。

学渣：而教室里的调味师，却可能无甚用处？

学霸：我可不保证这样的事情不会发生。

学渣：石头比老师有用，这样的事情也实在难以想象。

学霸：在应试的世界里，所谓用处，石头说了不算，老师说了也不算，只有你的口味说了算。

学渣：自己去找，自己又说了算，困局里的被困者，什么时候变得这般自由了？

学霸：当他们想明白自己可以去找，自己可以说了算的时候。

学渣：束缚和自由之间，就差那一想？

学霸：那一想之前，被困者犹如身在一间屋子里。

学渣：屋子？

学霸：拥有一扇窗户的屋子。

学渣：窗户？

学霸：总是被那些被困者紧紧盯着的窗户。

学渣：他们盯着窗户做什么？

学霸：学校和老师，就是那扇窗户。

学渣：那是该盯着点儿。

学霸：这扇窗户外，随时可能送进来调味料。

学渣：那是该紧紧盯着点儿。

学霸：但当学校的规则，老师的调味料，和自己的口味无法相互妥协时，窗户就将变得密不透风。

学渣：风都进不来，调味料又何以进来？

学霸：所以他们的等，常常变成一无所获的苦等。

学渣：那一想之后呢？窗户会打开？

学霸：规则和思维，哪会如此容易就被改变。

学渣：如此，窗户没什么变化了。

学霸：窗户虽无变化，但被困者却因那一想，如同做了个一百八十度的转身。

学渣：不再盯着窗户了？

学霸：无须再盯着窗户了。

学渣：此话怎讲？

学渣：因为转了身的他们，看到了一扇门。

学渣：门？什么门？

学霸：屋子有窗户，当然也有门。

学渣：哦，差点把门忘了。

学霸：事实上，每个转过身的被困者，心中都会泛起这句话。

学渣：我光顾着想窗户了，所以忽略了门。

学霸：都一样。

学渣：他们也忽略了？

学霸：他们只死盯着密不透风的窗户，只死等着从窗外送来的调味料，根本无暇转身回头，甚至根本都没想过转身回头。

学渣：难道，那门，还开着？

学霸：那门，不但开着，而且敞开着。

学渣：这么说，所谓困局，其实根本不是困局？

学霸：困局依然在，就像那扇窗依然密不透风，但若自己可以为自己开一扇门，又何必在意窗户的状态呢？

学渣：我原以为，因为那困局，所以被困者只好苦等。

学霸：事实上，倒是因为他们执迷于苦等，所以才让自己陷入了困局。

学渣：因才是果，果才是因，这倒有点意思。

学霸：应试中的因与果，其实都是自己。窗户困不住自己，只是自己困住了自己，屋子里看似没有门，但自己正是自己的门。

第十节　执着的口

学渣：于是，或等或找，应试者总有机会得到调味料？

学霸：机会，并不等同于现实。

学渣：但若连机会都没有，肯定不会有现实。

学霸：这倒不假。

学渣：那就好。

学霸：好?

学渣：难道不好?

学霸：有时候我会想，即使得到了调味料，又能有多好?

学渣：起码让考点菜肴更容易被吃掉。

学霸：更容易?

学渣：难道不是更容易?

学霸：有时候我也会想，即使更容易，又能变得有多容易?

学渣：你想的可真多。

学霸：我只是试图想得更清楚一些。

学渣：那你想清楚了吗?

学霸：我越想，却只越清楚地想到另一个问题。

学渣：你可真有意思，没想出答案，却想出了其他问题。

学霸：没办法，问题与问题之间，就是这么亲密。

学渣：那你想到的另一个问题，又是什么问题?

学霸：涂抹了蜂蜜的臭豆腐，究竟还是不是臭豆腐?

学渣：肯定还是。

学霸：那世上最好的蜂蜜，能不能让臭豆腐变成蛋糕，或者奶酪?

学渣：肯定不能。

学霸：如此，任何调味料，也仅仅只是调味料而已。

学渣：调味料当然不是其他东西。

学霸：但有意无意间，应试者们对调味料的期待，却总像在期待其他东西。

学渣：什么东西?

学霸：那种东西带来的“好”，能让考点菜肴变得好吃；那种东西带来的“更容易”，能让吃下考点菜肴变得容易。

学渣：真是好东西啊。

学霸：确实好，好得在这世上都找不到。

学渣：这么说，有些妄想了?

学霸：就像臭豆腐上的蜂蜜一样，应试中的调味料，虽可增加风味，却不可能颠覆考点菜肴原本的味道。

学渣：这么说，依然难吃?依然难以下咽?

学霸：比原来的好吃，却还远远达不到“好吃”的地步；咽下它比原先容易，但也远远达不到“容易”的程度。

学渣：这才是调味料?

学霸：这才是世上可以找得到的调味料。

学渣：原来只是这样。

学霸：但心存妄想之人会觉得，这样只说明自己还没有得到真正的调味料。

学渣：难不成，他们还在找?

学霸：无休止地期待，无休止地寻找，不断地希望，又不断地失望。

学渣：难不成，他们也就一直没有吃下去?

学霸：他们为了调味料，甚至已没有时间试着去吃。

学渣：这般追求，够执着。

学霸：可惜，这般追求，让调味料承载了太多，而一旦调味料承载多了，它也就变质了。

学渣：变质?变成了什么?

学霸：变成了借口，吃不下考点菜肴的借口。

学渣：可既是妄想，又如何能得到？

学霸：所以他们永远拥有这借口。

学渣：如此，这借口也够执着的。

学霸：但若借口太执着，另一个东西就可能渐渐被弱化。

学渣：什么？

学霸：那东西的名字跟借口很接近，只需去掉“借”字。

学渣：口？

学霸：应试里的一切，永远都是口的事情。

学渣：要吃，自然需要口。

学霸：而一切调味料，也都只为了帮助自己的口去吃下考点。

学渣：但若现实的调味料只是那样，倒也帮不了太大的忙。

学霸：所以应试者的口，总要直面考点菜肴的难吃味道。

学渣：这算是，口与味道的对抗？

学霸：即使拥有了调味料，也无法让应试者回避的对抗。

学渣：如此说来，应试者真正需要的，不是执着的借口，却是执着的口。

学霸：调味料只是调味料，纵可承载千般期望，也无力担当妄想；而口终究不应藏在借口后面，纵可寻得万种风味，也需足够执着。

第四章 应试战场

第一节 无法逃避的战场

学渣：你为何总自称为幸存者？

学霸：因为我是个从战场上幸存下来的人。

学渣：战场？什么战场？

学霸：应试战场。

学渣：应试是个战场？

学霸：它不但是个战场，而且是个非常残酷的战场。

学渣：有多残酷？

学霸：能从这个战场上活着回来的人，很少。

学渣：死亡率这么高，会有人愿意去吗？

学霸：不但有，而且非常多。

学渣：这就怪了。

学霸：不怪，因为活着回来的人，都能得到一张纸。

学渣：就为那张纸？

学霸：就为那张纸。

学渣：什么样的纸，能让人甘愿为其上战场？

学霸：它能让拥有者得到世上大部分人的认同。

学渣：若没有那张纸呢？

学霸：若没有那张纸，即使你拥有可以得到大部分人认同的能力，也很有可能得不到大部分人的认同。

学渣：如此说来，那张纸不但是上战场的目的，也是不得不上战场的原因。

学霸：它让这个战场对于大部分人来说，变得无法逃避。

学渣：死亡率还很高，却又无法逃避，果然很残酷。

学霸：事实上，在那个无法逃避的残酷战场上，还有很多无法逃避的东西。

学渣：比如说？

学霸：比如说，敌人。

学渣：既身在战场，自然需要面对敌人。

学霸：但在现实中，两军交锋，战士除了可以冲，也可以选择躲。

学渣：躲？你是说，当逃兵？

学霸：逃不了的，还可以投降。

学渣：或避开敌人，或化敌为友，倒皆可无须再正面交锋。

学霸：可在应试战场上，任何人别想躲，躲也躲不过。

学渣：为何躲不过？

学霸：因为应试战场上的敌人，是试题。当一道试题来袭时，你能躲得过？

学渣：我不去解答，算不算躲了过去？

学霸：不解，得不了分。你觉得这跟解了而没解对有区别吗？

学渣：都没得分，倒也就无所谓什么区别了。

学霸：而一旦不得分，就相当于受到了敌人的伤害。

学渣：于是，你不攻击敌人，敌人就会攻击你？

学霸：针锋相对，非胜即败。

学渣：如此，真是无法逃避了。

学霸：而你每败给一道试题，就会在身上留下一道伤口。

学渣：致命吗？

学霸：如果伤口过多，肯定就活不了了。

学渣：活不了，也就拿不到那张纸了吧？

学霸：这恰恰又是一种“无法逃避”——不是生，就是死，不是拿到纸，就是没拿到纸，再无其他可能。

学渣：残酷，真是无法逃避的残酷。

第二节　如何活下去

学渣：如何在应试战场上活下去？

学霸：在这个你死我活的地方，你要活，就得让敌人死。

学渣：那又如何让敌人死？

学霸：用枪击杀。

学渣：还有枪？在哪？

学霸：应试者自己的大脑，就是属于自己的枪。

学渣：这样的枪，倒是人人都有。

学霸：但光有枪，还不够。

学渣：你的意思是，还需要其他武器？

学霸：我的意思是，要让枪变成武器。

学渣：枪本来不就是武器吗？

学霸：事实上，没有子弹的枪，根本算不上什么武器。

学渣：哦，差点忘了子弹。

学霸：当然，如果你非要拿着空枪上战场，起码能当棒子用。

学渣：我还是要些子弹吧。

学霸：应试战场上的子弹，不是想要多少就有多少的。

学渣：短缺？

学霸：不缺，如果你争得好，子弹甚至可以是源源不断的。

学渣：争？

学霸：争取的争。

学渣：子弹要自己去争?

学霸：争到多少算多少。

学渣：什么子弹这么特别?

学霸：考点子弹。

学渣：考点是子弹?

学霸：既然试题是敌人，那考点便是唯一能杀死敌人的子弹。

学渣：如何得到这种子弹?

学霸：弄懂考点，也就得到了考点子弹。

学渣：如此，还真得靠自己去争了。

学霸：不能借，不能抢，只能自己去争。

学渣：然后呢?

学霸：什么然后?

学渣：我是问，除了枪和子弹，还需要什么?

学霸：有了枪和子弹，就可以上战场了。

学渣：就这样?

学霸：这样，应试者已具备了活下来的最基本条件。

学渣：这可是个战场。

学霸：我说的正是这个战场。

学渣：战场上，不讲战略战术、神计奇谋?

学霸：应试战场上，只有正面交锋，生死对抗。

学渣：战场上，不讲团队合作、相互照应?

学霸：应试战场上的生死，都是自己的事情，也仅仅是自己的事情。

学渣：原来只是一个人的战场。

学霸：自己的弹，自己的枪，自己独来，自己独往。

第三节　相同的子弹，不同的子弹

学霸：战场上的岁月，很长。

学渣：的确，差不多能持续十多年的光阴。

学霸：但真正与敌决斗的时间，又往往很短。

学渣：的确，短得仅仅耗时几天、仅仅持续几场战斗。

学霸：于是，大部分时间里，投身战场上的应试者，又并非身在枪林弹雨的杀场，而只能呆在其他地方。

学渣：其他地方，是什么样的地方？

学霸：那个地方，到处都是关于考点的靶子。

学渣：关于考点的靶子，又是什么样的靶子？

学霸：那种靶子的靶心，正是考点的核心。

学渣：然后，应试者去打靶？

学霸：打中了靶心，也就算掌握了核心，弄懂了考点。

学渣：弄懂了考点，不也就得到了考点子弹吗？

学霸：那正是大部分时间里，在那个地方的应试者们，一直试图要争取到的东西。

学渣：原来那个地方，是个弹药库。

学霸：在弹药库里，想得到几颗子弹，就需击中几个靶子的靶心。

学渣：若只打同一靶心，并多次击中呢？

学霸：每一个特定的靶子，只代表特定的一种考点。

学渣：这么说，若一个人打了一百枪，只有最后一枪命中了靶心？

学霸：他将得到那种考点子弹。

学渣：若另一个人打了一百枪，只有最后一枪没有命中靶心。

学霸：他也将得到那种考点子弹。

学渣：完全相同？

学霸：都是关于某个考点的子弹，也都只能杀死关于那个考点的试题敌人。

学渣：那就确实没什么不同了。

学霸：在弹药库里，确实没什么不同。

学渣：听你的意思，在其他地方，似乎还会变得不同？

学霸：极有可能。

学渣：哦？会在哪变为可能？

学霸：在最后的、面对的是敌人而不是靶子的战场上。

学渣：说来听听。

学霸：先说那个打了一百枪，只有最后一枪命中靶心的人吧。

学渣：他懂了考点，得到了那种子弹。

学霸：恰恰在战场上，他也遇到了关于那个考点的试题敌人。

学渣：那正好。

学霸：事实上，结果却极可能相当不好。

学渣：如何不好？

学霸：他极可能会被敌人杀死。

学渣：那颗子弹，会打不死敌人？

学霸：那颗子弹，会打不中敌人。

学渣：你是说，枪法不行？

学霸：子弹为懂，枪法为用，懂了考点而不会用考点，正如拥有子弹却欠缺枪法。

学渣：若说欠缺枪法，那人在打靶时已可窥见一二。

学霸：那你觉得，他用百分之一的命中率、打了一百枪换来的考点子弹，去打第一百零一枪，又能有多少几率打中敌人呢？

学渣：真正的敌人，可能比靶子更难打中。

学霸：真正的敌人，一定比靶子更难打中。

学渣：那也就难怪他打不中了。

学霸：打不中，敌人便死不了，而在你死我活的战场上，敌人不死，他自己就很容易死。

学渣：如此说来，那个打了一百枪只有一枪没打中靶心的人，倒是很容易活下来了。

学霸：同样的子弹，同样的敌人，却可能有着完全不同的结局。

学渣：若仔细想想，打不中敌人的子弹，还能叫什么子弹。

学霸：打不中敌人的子弹，充其量也只能叫条状物。

学渣：一个是子弹，另一个是条状物，若如你所言，原本完全相同的东西，在真正的战场上，突然变得完全不同了。

学霸：所以我始终认为，没有枪法支持的子弹，根本不是子弹。

学渣：听起来，枪法的重要性，都能决定子弹的属性了。

学霸：其实反过来，也一样。

学渣：反过来？

学霸：设想某个人，面对某道题，明白了用什么考点去解，也明白了如何用考点去解，可偏偏弄错了考点本身的内容。

学渣：就像他枪法了得，枪膛里却没有子弹？

学霸：你要知道，试题敌人掐不死、敲不死、闷不死，只有考点子弹，能将它打死。

学渣：如此，那人枪法再了得，似乎也只剩下被了结的结局了。

学霸：所以我也始终认为，没有子弹支持的枪法，根本不是枪法。

学渣：说了半天，原来两者谁也离不开谁。

学霸：同生共死，相互依存。

学渣：等等。

学霸：什么?

学渣：共死我已理解，但这“同生”何解?

学霸：不解?

学渣：不解。

学霸：那就再去聊聊打了一百枪只有最后一枪命中靶心的人，和只有最后一枪没有命中靶心的人。

学渣：两人枪法悬殊。

学霸：悬殊的，其实也只是那一百枪表现出来的枪法。

学渣：那一百枪?还能有几个一百枪?

学霸：只有最后一枪没有命中靶心的那个人，绝不仅仅打了那一百枪。

学渣：那他打了多少枪?

学霸：他最初的一百枪，可能没有一枪能命中靶心。

学渣：那他就得不到考点子弹了。

学霸：但也总有一枪，第一次便打中了靶心。

学渣：那他终于得到那种考点子弹了。

学霸：而如果从第一次打中靶心的那枪算起，往前数一百枪，他也恰恰是一个打了一百枪却只有最后一枪命中靶心的人。

学渣：那他跟第二个人一样了。

学霸：但第二个人第一次打中靶心、得到子弹后，便心满意足地换了靶子。

学渣：想多争些子弹的心情，可以理解。

学霸：而第一个人，却还在不停地打同一个靶心，像靶子跟他有仇似的。

学渣：跟奖励自己子弹的靶子有仇，不应该。

学霸：靶子，却依然在以德报怨。

学渣：哦？除了子弹，还给了别的？

学霸：任何人，只要不停地打同一个靶子，随着枪数越多，每百枪击中靶心的次数，自然也就越多。

学渣：哦，原来枪法也诞生自这里。

学霸：特定的靶子上，特定的子弹和特定的枪法。

学渣：哦，原来所谓“同生”，是这个意思。

学霸：只可惜，这般同生共死的两者，却偏偏总被人分开。

学渣：你在说那第二个人吗？

学霸：其实他对靶子和子弹的理解，倒也没错。

学渣：他都有什么样的理解？

学霸：想得到子弹，只需击打靶子，直到打中靶心为止。

学渣：他还真是“打中”以后，就立刻“止”了。

学霸：可惜他没理解，虽然懂了才会用，但也只有真正会用了，才是真的懂。

学渣：如此看来，打中靶心不是“止”，而仅仅是个开始。

学霸：所以第二个人，也仅仅只是因为“止”得太早了，才会被敌人早早就杀死了。

第四节　决战前后

学渣：原来弹药库，又不只是个获得子弹的弹药库。

学霸：那还是个获得枪法的训练场。

学渣：枪法，让“可以杀死敌人的子弹”真正成为了“杀死了敌人的子弹”。

学霸：杀死了敌人的子弹，才是真子弹。

学渣：那是不是可以说，直接决定敌人生死的，是枪法？

学霸：在得到子弹的前提下，直接决定敌人生死的，是枪法。

学渣：敌人死，应试者岂非才能生？

学霸：敌人生，应试者可能就会死。

学渣：如此，子弹和枪法，也在决定着应试者的生死。

学霸：在你死我活的应试战场上，的确如此。

学渣：子弹和枪法，可都是应试者自己争取的。

学霸：所以说，应试战场上，自己的生死，其实都是自己决定的。

学渣：子弹和枪法，更是在终极之战前，就有定数了。

学霸：所以说，应试战场上的大多数应试者，在决战之前，生死已定，在杀场之外，命运已明。

学渣：我一直以为最后那一战，才是定命运的时刻。

学霸：那一刻，可能只是让早被定下的命运，天下皆知罢了。

学渣：我还一直以为最后那战场，才是决生死的地方。

学霸：那地方，可能也只是让早已无力回天的将死者，彻底安眠而已。

学渣：这对依然想奋力一搏、奈何已入死局的人来说，是不是太残酷了？

学霸：不是太残酷了，而是太晚了。

学渣：定生死的时刻，确实比想象中早了很多。

学霸：从进入这个战场开始，便是在决战，之后的每分每秒，都是在定生死。

学渣：如此看来，弹药库又不止是弹药库，也不止是训练场。

学霸：那更是一个定生死的战场。

学渣：这个战场，可真一点儿也不像战场。

学霸：不见硝烟，只有一些不会动的枪靶，没有厮杀，只是争争子弹、练练枪法。

学渣：听着很安逸。

学霸：但安逸下，却暗藏杀机。

学渣：也总让人觉得决战还不到时候。

学霸：在你觉得真正的决战还很远时，死亡可能已在身边。

学渣：听你这么一描述，我怎么觉得像闹鬼一样？

学霸：让人安逸、让人觉得决战还很远的想法，其实就是心中的一只鬼。

学渣：原来那些人，是被鬼附体了。

学霸：被鬼附体之人，看似正常，其实已奄奄一息，看似在准备最后的决战，其实早在看不见的决战中，遍体鳞伤，濒临死亡。

第五节　肿瘤

学渣：决战前已入死局之人，还有多少生还的可能？

学霸：入死局之人，很难生还；入生局之人，甚至都可能会死。

学渣：自在生局之人也死了？什么情况？子弹出了问题？

学霸：子弹基本都到手了。

学渣：枪法出了问题？

学霸：枪枪基本都能命中靶心了。

学渣：听着都跟死不沾边啊。

学霸：若与之决战的是靶子，那的确跟死不沾边。

学渣：这么说，真正的敌人，远比靶子强悍得多？

学霸：你要知道，靶子是死的，敌人是活的。

学渣：活的，倒也确实比死的更难瞄准。

学霸：但以那些人在训练场上练就的枪法，也未必难多少。

学渣：能瞄准？

学霸：若是活的靶子，肯定能瞄准。

学渣：活的靶子能瞄准，活的敌人就瞄不准？

学霸：谁让活的敌人不止会动。

学渣：它们还会……？

学霸：反击。

学渣：但若真被子弹击中了，它们还有命反击？

学霸：没了。

学渣：那不就得了。

学霸：但也总有可能击不中。

学渣：若枪法足够，击不中的可能性应该很低。

学霸：很低的可能性，依然是一种可能性。

学渣：很低的可能性，是不是可以不用太在意？

学霸：若敌人不反击，也许真的可以不用太在意。

学渣：就因为会反击？

学霸：会反击，意味着自己有可能受伤；会受伤，意味着自己有可能会死。

学渣：死了，也就得不到那张纸了。

学霸：但多年的战场岁月，还是为了那张纸。

学渣：如此，过去的那些年，就算白费了。

学霸：以那张纸在当前的重要程度而言，废掉的，很可能不止过去那些年。

学渣：也对，以后不得不面对的，可能更让人担心。

学霸：于是，即使被击中的可能性相当低，但那种可能性，却很可能导致严重的后果。

学渣：在决战时想那种后果，只怕不是时候。

学霸：非常不是时候。

学渣：那还是不想为好。

学霸：不想虽好，却又很难。

学渣：有人逼着？

学霸：没人逼，没人诱，但就是会想。

学渣：那就太不理智了。

学霸：人性，确实常常骑在理智的头上。

学渣：人性？

学霸：在最关键的时刻，对最坏结果情不自禁地顾虑，正是人们最爱做的一件事情。

学渣：若是人性，可就很难被人摆脱了。

学霸：所以，那被击中的想法，也很难被人摆脱。

学渣：想法不除，怎么心静？

学霸：心一直在波动。

学渣：波动不止，怎么手稳？

学霸：手一直在颤抖。

学渣：颤抖不停，怎么瞄准？

学霸：准星一直在晃悠。

学渣：如此去打敌人，也难怪会死了。

学霸：生局，就这样被生生晃成了死局。

学渣：原来是被紧张杀死的。

学霸：因顾虑而生的紧张，就像长在体内的一个肿瘤。

学渣：据我所知，因它而死的人，很多。

学霸：所以它不但像个肿瘤，而且像个致命的恶性肿瘤。

学渣：若本是生局，最终却因紧张而死，也实在令人叹惋。

学霸：所以紧张招来的悔恨，也许比试题敌人还要多。

学渣：可惜再多的悔恨，最终也只是在恨自己。

学霸：谁让那个恶性肿瘤本就源于自己。

学渣：若跟恶性肿瘤扯上关系，麻烦可就大了。

学霸：那个恶性肿瘤，倒也不是一下子就变成恶性肿瘤的。

学渣：还需要几下子？

学霸：皆为逐步恶化而成。

学渣：如此我很好奇，它在恶化之前，又会是什么样子的？

学霸：不过是个良性肿块罢了。

学渣：良性的紧张？

学霸：良性的紧张。

学渣：那又有何特别之处？

学霸：良性的紧张里，还没有生出太多种情绪来。

学渣：没有太多，又是多少？

学霸：关键时刻对最坏结果的顾虑，让应试者谨小慎微。

学渣：这算一种。

学霸：关键时刻对最好结果的期盼，又让应试者跃跃欲试。

学渣：这也算一种。

学霸：这也是良性的紧张里，总共的情绪数量了。

学渣：只有两种，确实不多。

学霸：要不说它只是良性肿块呢。

学渣：既是良性，难道不会让人手抖？

学霸：一样会抖。

学渣：一样会抖的话，只怕也一样瞄不准，一样杀不死敌人。

学霸：每一次瞄不准，都会被敌人伤一次；而每被伤一次，应试者对最坏结果的顾虑，就加深一次。

学渣：如此，那种跃跃欲试的情绪，只怕要消失不见了。

学霸：有消失的，就有出现的。

学渣：出现了什么？

学霸：顾虑的渐渐加深，渐渐滋生出了恐惧。

学渣：最该瞄准时却总瞄不准，也该恐惧了。

学霸：最该瞄准时却总瞄不准的人，又可能在训练场时常常瞄得准。

学渣：这可真是让人难以接受的反差。

学霸：反差这东西，又最擅长滋养另一种情绪。

学渣：那是……？

学霸：自我怀疑。

学渣：反差如此之大，也是该自我怀疑了。

学霸：人在自我怀疑中，又很可能会懊恼，会失落，甚至想放弃。

学渣：都是些不受欢迎的情绪，这算是肿瘤恶变了吗？

学霸：那些情绪里的每一种，又都能以其他情绪为养料，进而快乐地生长着。

学渣：在相互滋养中膨胀自己，这算是肿瘤增大了吗？

学霸：恶化式的增大，又只让应试者的手抖得更厉害了。

学渣：瘤体膨胀，症状加剧，确实都是癌症晚期的典型表现啊。

学霸：典型？既然说到典型，那后面的表现更典型。

学渣：还在发展？那会是……？

学霸：对于癌症来说，自然只会是——转移。

学渣：哦，是了，转移。若是没有转移，癌症也许早就不是不治之症了。

学霸：那确实才是癌症真正致命的地方。

学渣：这么说，紧张这种癌症，也在转移？

学霸：它可能会转移到五脏六腑，让应试者在战场上最需要健康时，突然出现各种莫名其妙的生理反常。

学渣：难怪我在考场上，会反常地出汗，甚至胸闷腹痛。

学霸：它还可能会转移到大脑里，让应试者在战场上最需要冷静时，突然出现各种莫名其妙的思维短路。

学渣：难怪我在考场上，会反常地犯低级错误，甚至大脑空白。

学霸：它也可能会转移到眼睛上，让应试者在战场上最需要看清时，突然出现各种莫名其妙的视觉误差。

学渣：难怪我在考场上，会反常地看错，甚至张冠李戴。

学霸：你的体会，真够全面的。

学渣：原来战场上的我，早已是个癌细胞全身扩散的晚期病人。

学霸：癌症晚期已够悲惨，更何况是发生在决定生死的战场上。

学渣：那可真就要了命了。

学霸：但战场上的这个癌症，也从不曾直接要了应试者的命。

学渣：这话怎么说？

学霸：它只是让应试者手抖、脑乱、眼拙，从而变得毫无战斗力罢了。

学渣：在战场上若没了战斗力，还不是要被敌人轻松击杀？

学霸：也只会是这个结局。

学渣：如此，还是跟现实中的癌症一样，还是个逃不掉的死局。

第六节　特效药

学霸：现实里，从癌症死局中逃出来的唯一办法，是在肿瘤形成的初期，便发现并处理掉它。

学渣：及时发现，确实是一种幸运。

学霸：可也远没有那么幸运。

学渣：何出此言？

学霸：因为即使你及时处理了它，依然有相当的概率会复发。

学渣：先给人希望，再让其绝望？

学霸：如此，才是典型的绝症作风。

学渣：够绝！

学霸：但若恶性肿瘤起源于良性肿块，而患者又能在肿块恶变之前便加以处理，愈后就相当好了。

学渣：那就基本上可以治愈了。

学霸：那也正是清除紧张这种肿瘤的唯一方法。

学渣：早期处理？

学霸：在恶变之前，便加以处理。

学渣：不会复发？

学霸：一劳永逸。

学渣：也要像现实中一样手术切除吗？

学霸：喝药就行了。

学渣：还有这种药?

学霸：那正是专门消除良性紧张肿块的药。

学渣：什么药效果这么强大?

学霸：那药名叫——喘息之机。

学渣：奇怪的名字。

学霸：不奇怪，因为那药不但叫喘息之机，而且本身就是喘息之机。

学渣：照字面理解的“喘息之机”？

学霸：完完全全照字面理解的“喘息之机”。

学渣：那是一种药?

学霸：那正是专治紧张肿块的药。

学渣：你的意思是，需在战场上得到喘息之机?

学霸：战场上无暇喘息的境地，正是紧张恶变的根源。

学渣：缺了喘息，才致癌的?

学霸：就像现实中一样，人身上的很多顽疾，都只因为缺了一些东西。

学渣：补上就行?

学霸：补上后，一切恢复如初。

学渣：如此，那药得算是一种补品了。

学霸：但与大多需长期服用的补品不同，此补品一喝便见效。

学渣：争分夺秒的战场上，也绝不会给人长期服药的空闲。

学霸：所以说这个补品，堪称专为战场肿瘤而生。

学渣：听起来真不错。

学霸：服用起来更不错。

学渣：那这不错的药，又如何在战场上得到?

学霸：杀死敌人。

学渣：不太明白你的意思。

学霸：试题敌人的持续施压，才让应试者无法喘息。

学渣：这个道理很明显。

学霸：那杀死正在施压的敌人，自然也就获得了喘息之机。

学渣：这个道理也很明显。

学霸：遵循这个明显的道理，自然也将得到明显的疗效。

学渣：你应该是在开玩笑吧？

学霸：为什么这么说？

学渣：你不觉得自己似乎没搞清楚战场上的状况吗？

学霸：你所谓的状况是……？

学渣：应试者得到补品之前，便已生了良性紧张肿块。

学霸：当然，那正是追求药品者试图根治的东西。

学渣：而一旦生了良性紧张肿块，手必然会抖。

学霸：当然，那正是追求药品者试图消除的病症。

学渣：但若手在抖，还怎么去杀敌？不杀敌，又怎么得到补品？得不到补品，又怎么消除手抖？

学霸：你是不是觉得这是个死循环？

学渣：莫非你不觉得这是个死循环？

学霸：不杀敌，确实得不到药品。得不到药品，确实消除不了手抖。

学渣：手在抖，也一定杀不了敌。

学霸：这个嘛，还真不一定。

学渣：怎么？颤抖着也能击中敌人？

学霸：颤抖着也能击中敌人。

学渣：那得是多厉害的枪法！

学霸：那才是真正能让应试者活着回来的枪法。

学渣：但若颤抖着也能击中敌人，还理会身上的肿瘤作甚?

学霸：那种枪法虽然准，可也没有那么准。

学渣：也会打偏?

学霸：当肿块恶变、症状加剧后，任何枪法都已无力回天。

学渣：就是说，颤抖着也能击中敌人的枪法，也并非在任何程度的颤抖下都能击中敌人。

学霸：良性肿块导致的手抖，已是那种枪法可承受的极限。

学渣：但能承受那种手抖带来的干扰，其实已非常令人佩服。

学霸：在那种手抖的干扰下，击中了正在施压的试题敌人，喘息之机那种药品，也便瞬间游走于应试者的全身。

学渣：吸收得很快嘛。

学霸：但前仆后继的敌人，跟上来继续施压的速度也很快。

学渣：那这喘息之机，也够短暂的。

学霸：虽短暂，但疗效已然显现，紧张肿块在减小，手抖症状在缓解。

学渣：等等，只是减小?只是缓解?

学霸：你想怎样?

学渣：我还以为药品一下肚，便痊愈了。

学霸：量不够，痊愈不了。

学渣：得到了合适的药，却没得到合适的量?

学霸：也许你应该这么想，虽没得到合适的量，但总算得到了合适的药。

学渣：那这到底该笑啊，还是该哭啊?

学霸：别笑也别哭，因为敌人又来施压了。

学渣：那就只好继续抖着手应付吧。

学霸：在手抖有所缓解之时，颤抖着也能击中敌人的枪法，自然也会更稳更准。

学渣：这么说，继续颤抖着击中了继续施压的敌人？

学霸：击中后，也继续有药品游走全身。

学渣：听起来，需要的东西恰在敌人身上。

学霸：药量不够，敌人来凑。

学渣：这倒让我想起当年红军战士的话——没有枪，没有炮，敌人给我们造。

学霸：敌我双方的此消彼长，是任何战场上都适用的法则。

学渣：药量照此节奏增加，症状应该就更轻了。

学霸：继续利用枪法获取更多药量的难度，也就更小了。

学渣：直至痊愈？

学霸：直至痊愈。

学渣：既杀了敌，又治了病，不错。

学霸：事实上，因为杀了敌，所以可以治病；又因为治了病，所以可以更轻松地去杀敌。

学渣：这倒是个令人神往的良性循环。

学霸：喘息之机这种药，就是有这种特点——疗效显著，而且会越来越显著。

第七节 人性，人祸

学渣：边杀敌边治病的状态，确实令人神往。

学霸：当喝下第一口药，那样的良性循环，也就跟着开始了。

学渣：那若始终喝不到第一口药？

学霸：那开始的，就只会是良性肿块的不断恶化。

学渣：如此，这最开始的一口，倒成了决定生死的分叉口。

学霸：世间之事，最开始的，往往都是决定性的。

学渣：但这第一口，只怕也没人会白白送到嘴边。

学霸：战场上只有敌人，没有白衣天使，所以，得靠自己。

学渣：是靠那个颤抖着也能击中敌人的枪法吧？

学霸：是只能靠那个颤抖着也能击中敌人的枪法。

学渣：那样的枪法，到底从何而来？

学霸：跟其他任何枪法一样，也从那个训练场而来。

学渣：那样的枪法，到底如何练得？

学霸：跟其他任何枪法一样，也是通过打靶练得。

学渣：听着倒也没什么特别之处。

学霸：唯一的特别之处是，那样的枪法水平更高。仅此而已。

学渣：但也总有一些人，在训练场上的枪法已经很高了，可一到战场上，便因紧张而颤抖，因颤抖而瞄不准。

学霸：觉得可惜？

学渣：最需要发挥的时候却没有发挥好，着实可惜。

学霸：觉得紧张影响了枪法？

学渣：手的抖动，确实会让枪法失真。

学霸：我倒觉得，正相反。

学渣：相反？

学霸：手的抖动，才会让枪法显出它的真。

学渣：这话什么意思？难道训练场上的高水平，只是假象？

学霸：那当然不是假象，那是实实在在的高水平。只不过，若那样的高水平，还不能承受手抖的干扰，也就只能得出一个实实在在的结论。

学渣：什么？

学霸：所谓的高水平，依然不够高。

学渣：但也许，那样的水平，已是他们的极限。

学霸：不会的。

学渣：为何这般肯定？

学霸：因为他们还没能承受住手抖的干扰。

学渣：那你可曾想过，也许那些人在紧张时，天生比一般人更敏感。

学霸：你是想说，他们会抖动得更严重？

学渣：也许，已严重到即使自己的极限枪法，也承受不起。

学霸：个体的差异，确实会让各自的紧张，有不同的表现。

学渣：何止不同，简直天壤之别。

学霸：但所有千差万别的表现，也都难逃一个共同的限制。

学渣：那是……？

学霸：紧张的任何症状，都是发生在自己身上的症状。

学渣：若还有人能把自己的紧张转移到别人身上，那才真是见鬼了。

学霸：而既然是发生在自己身上的事情，那不管是什么事情，都不可能超越自身的极限。

学渣：这就是你说的“共同限制”？

学霸：事实上，在这个共同限制下，又有了另一个共同限制。

学渣：那又是？

学霸：最初的恶化之前的紧张，尽管表现千差万别，但也都远远达不到自身的极限。

学渣：你的意思是，都应能承受？

学霸：若枪法真已达自身极限，那在面对远远达不到自身极限的紧张时，又有何道理无法承受呢？

学渣：还能这么比较？

学霸：为什么不能这么比较？

学渣：因为枪法的极限与紧张的极限，未必是同一个极限。

学霸：枪法是自己的枪法，紧张是自己的紧张，你觉得，会有几个自己？

学渣：自然只有一个。

学霸：在那个唯一的自己里，又有几个身体？几个精神？

学渣：自然也都只有一个。

学霸：所有与自己有关的事情，都会牵扯到并且只会牵扯到自己的身体和精神，所以，那个关于自己的极限，也就只有那么一个。

学渣：这么说来，那些承受不了最初紧张的人，只因枪法还没有达到极限？

学霸：最初的紧张远非极限的紧张，所以要承受它，其实也远远不必非要达到枪法的极限。

学渣：原来他们连远远不必达到极限的枪法，都还没有达到。

学霸：所以，别再去考虑什么紧张的敏感程度了。

学渣：若枪法离极限尚远，也确实没资格考虑什么敏感程度。

学霸：可惜有太多人，在枪法尚远不达极限时，就已习惯性地把溃败归罪于紧张，归罪于自己的敏感程度。

学渣：如此说来，一切的根源，却是自己那不够高的枪法了。

学霸：当不够高的枪法压制不住最初的紧张时，良性的肿块也就只好开始恶变。

学渣：这倒有些讽刺，原来给自己带来无限困扰的恶性肿瘤，却是自己一手制造的。

学霸：这不还跟现实中一样吗？现实中的大部分疾病，其实并非来自什么外部感染，而仅仅只是因为自己的不良生活习惯。

学渣：原先我一直觉得，是无法控制的紧张拖累了枪法的发挥。现在看来，倒是远不够格的枪法，纵容了紧张的恶变。

学霸：最初的紧张，人人都会有，那是人性。可若因为枪法不足而使紧张恶变，那就成了人祸。

学渣：把自己闯的祸推给紧张，紧张倒是蒙冤了。

学霸：经常背黑锅的它，其实也早就习惯了。

第八节　论枪

学渣：应试战场上，大脑是枪？

学霸：是。

学渣：人与人的脑，可并不一样。

学霸：那确有先天的差距。比如有人反应快，就有人反应慢；再比如有人记性好，有人记性差。

学渣：如此，枪与枪相比，也就不一样了。

学霸：智商高的脑，宛如一把制作精良的枪；而智商相对不足的脑，则更像一把多少有些问题的枪。

学渣：会有哪些问题？

学霸：比如，它的瞄准系统可能不太精确；再比如，它的制作工艺可能不够严谨。

学渣：如此，会让使用者很难办。

学霸：用那样的枪去练枪法，的确常常事倍功半。

学渣：那若用制作精良的枪去练呢？

学霸：自然更容易事半功倍。

学渣：这反差，让我越来越渴望拥有一支好枪了。

学霸：这样的渴望，其实人人都有。

学渣：但遗憾的是，我真正拥有的，却只是一把有问题的枪。

学霸：这样的遗憾，其实大多数人也都有。

学渣：更遗憾的是，枪还不能退换。

学霸：那东西是老天爷替我们选的，一次选定，终身使用。

学渣：如此，我就只能一辈子拿着一把有问题的枪了？

学霸：你好像不甘心。

学渣：当看到有些人的枪远好过自己的时，恐怕没人会甘心。

学霸：你这般不甘心，难道枪上的问题很致命？

学渣：何算致命？

学霸：比如，你的枪用着用着突然散架了。

学渣：那倒没有。

学霸：再比如，你的枪打出去的子弹，不往前走，专往后飞。

学渣：那更没有。

学霸：如此，你枪上的问题只是瑕疵，依然可正常使用。

学渣：我又不是傻子，脑子肯定还是正常的。

学霸：那就好。

学渣：那能有多好？

学霸：你想有多好？

学渣：我当然想练出好枪法。

学霸：那最好。

学渣：最好又算多好？

学霸：在这个应试战场上，你若拥有一把能正常使用的枪，也真想练出好枪法，那就能练出好枪法。

学渣：你可能不了解，我说的好枪法，是那些精良好枪所能练出来的好枪法。

学霸：其实，这也正是我说的好枪法。

学渣：你可能不了解，我说的用来练枪法的枪，是像我那样的有瑕疵的枪。

学霸：其实，即使比你的枪更差，只要还能正常使用，就没问题。

学渣：看来这个“能正常使用”已是你的全部标准了。

学霸：不是我的，是那个应试战场上的。

学渣：你别忘了，那可是个脑力决胜负的地方，区区“能正常使用”会够？

学霸：你也别忘了，那同时也只是个几乎不需要任何创造和创新的地方。

学渣：不需要吗？

学霸：难道你在应试中，还创造出了新知识？

学渣：那倒没有。

学霸：应试中的所有东西，都是前人早已创造出来的，应试者只需理解和学习，而根本无须创造和创新。

学渣：的确只需打靶，无须去造靶。

学霸：这样以来，脑力的区别，也就远没有想象中关键了。

学渣：但应试毕竟是个与脑力密切相关的事情，即使没有想象中关键，又能有多不关键？

学霸：那当然也依然关键，不然也不会有事半功倍和事倍功半的区别。

学渣：事半功倍，还是要比事倍功半轻松很多、容易很多啊。

学霸：其实，也仅仅就这点优势了。

学渣：你的意思是……？

学霸：我的意思是，好的枪，会让过程更容易，但无法在枪法层次上产生不可逾越的优势。

学渣：也就是说，事半功倍能达到什么结果，事倍功半也能达到？

学霸：事半功倍的练枪法过程，像在走大道，而事倍功半的过程，则如同在走小路，但大道也好小路也罢，它们都通向同一个山顶。

学渣：走小路，必然困难一些。

学霸：枪上的各种瑕疵，让小路上布满了乱石荆棘。

学渣：还有乱石荆棘？那就不止是困难，而恐怕是艰辛了。

学霸：确实艰辛，但也正因为艰辛，小路上的人才应该高兴。

学渣：这算什么道理？

学霸：因为正常头脑中的瑕疵，仅仅带来了乱石荆棘，而没有带来悬崖绝壁，于是那条小路仅仅是艰辛路，而不是绝路。

学渣：可事实上，小路上的大多数人，都没有达到山顶。

学霸：那是因为，只是被乱石荆棘挡住的他们，却自己觉得已是绝路。

学渣：还可以走？

学霸：将障碍清除，自然就可以继续走。

学渣：但也许，他们遇到了无法清除的障碍，比如，用尽全力也搬不动的大石头。

学霸：那就原地锻炼身体，加强体力，直到能搬动为止。

学渣：但也许，他们已激发了全部潜能，却还是搬不动。

学霸：那就换个办法，比如用杠杆原理撬开它。

学渣：但也许，他们已用尽了所有办法，可就是搬不动。

学霸：若还没搬动，只说明还没用尽所有办法。

学渣：这算什么结论？

学霸：这偏偏就是结论。

学渣：为什么会是这个结论？

学霸：因为正常枪上的瑕疵是一种“弱”，而不是“缺”，先天的“缺”或许无法弥补，但先天的“弱”，绝对可以弥补。

学渣：于是，一把正常的枪，即使瑕疵遍身，也不会带来无法逾越的困难？

学霸：瑕疵只是瑕疵，而不是缺失。瑕疵可以是好枪法的障碍，但绝不是烂枪法的借口。

第五章 分数之楼

第一节　喜欢住楼房的分数

学渣：如何得到理想的文凭？

学霸：那需要先得到理想的分数。

学渣：又如何得到理想的分数？

学霸：分数这家伙，总喜欢乱跑，一不留神就可能会从指尖溜走。

学渣：其实，即使我已经非常留神了，也常常眼睁睁看着它从我指尖溜走。

学霸：所以你不可能强行留住它，而要想办法让它心甘情愿地自己留下。

学渣：怎么留？

学霸：用一个它迷恋的东西，吸引住它。

学渣：什么东西能有如此吸引力？

学霸：一座高楼，它最喜欢住在高楼里。

学渣：于是，我还得为它买一处楼房？你也应该知道现在的房价是什么样子的。

学霸：事实上，分数喜欢自己住一整座楼房。

学渣：事实上，我连一座楼房里的一间屋子里的一间厕所都买不起。

学霸：能吸引分数的分数之楼，用不着买。

学渣：不买，怎么得到？

学霸：必须自己盖。

学渣：自己盖一整座楼房？

学霸：自己盖一整座楼房。

学渣：这可是一件比自己买一整座楼房更离谱的事情啊。

学霸：说难倒也不难，因为盖一座留得住分数的楼房，不用买地皮，不用买钢筋水泥，也不用聘请建筑工人。

学渣：不用钢筋水泥？那用什么？茅草干柴？

学霸：用考点。课本上的考点，就是分数之楼所需要的全部建材。

学渣：有建材就行？

学霸：还需要能将建材组合起来的设计图。

学渣：去哪儿找设计图？

学霸：能正确使用考点的解题思路，就是盖楼房的设计图。

学渣：还需要别的吗？

学霸：有了这两样，便可以盖楼了。

学渣：盖好了，就能将分数留下？

学霸：盖好了，它会自己搬进来。

学渣：不再偷偷溜走？

学霸：赶都赶不走。

学渣：那倒不错。

学霸：先别急着说不错。

学渣：怎么？还有哪会出错？

学霸：倒不是出了什么错，只是这个喜欢住楼房的家伙，还有个怪癖。

学渣：说来听听。

学霸：它只住顶层。

学渣：顶层有特别之处？

学霸：顶层虽是最高的那层，但也是最后建成的那层。

学渣：这个自然，没人能以从上往下的顺序建楼房。

学霸：而在应试中，与分数有关的最后的事情，其实就是最后的那场考试。

学渣：原来如此，那它的怪癖，也就一点儿也不怪了。

学霸：所以，如果顶层建不好，分数将头也不回地离开。

学渣：那是有点儿残酷。

学霸：我曾见过很多人付出了心血，将其他层建得很不错，可恰恰在最后一层出了问题，于是，分数毫不留情地走了。

学渣：如此，就不止有点儿残酷，而是非常残酷了。

学霸：但也有些人，付出没那么多，其他层建得马马虎虎，可偏偏最高层的建造水准远超平时，然后，分数就留下来了。

学渣：付出少的却得到了想要的？这是不是有点儿不太公平？

学霸：若说公平问题，那分数得算这个世界上少有的公平家伙了。

学渣：此话怎讲？

学霸：它不是在参观完楼房后才告诉你说，对不起，它只在乎顶层。所有的建楼人，在建楼之前，都知道它的那个怪癖。

学渣：也对，谁都知晓最后那场考试的意义。

学霸：而且，分数只在乎顶层，而从不在乎是谁建的顶层。

学渣：也对，它又没有亲戚朋友，不会因为跟谁的关系不错，就特殊照顾谁。

学霸：再者，分数没有其他爱好，而只在乎顶层。

学渣：如此，世人常用的投其所好的手段，倒也对其毫无作用了。

学霸：看看吧，就是这样一个不会徇私舞弊又能抵御诱惑的家伙，被你贴上了不公平的标签。

学渣：听你这么一说，我倒希望世上多一些这样的家伙。

学霸：太多了也不好，毕竟它所信奉的一次结果定胜负的理念，多多少少还是有不合理的地方的。

学渣：不合理？嗯，这三个字好，比我说的“不公平”更适合于形容它。

学霸：但从另一个角度讲，它的这个理念，又是那么合理。

学渣：这话又怎么讲？

学霸：因为现实人生中很多决定命运的时刻，往往都是一战定胜负，从来没有第二次机会。

学渣：这么说来，分数这个家伙，还让人提前体会了现实的滋味。

学霸：所以，如果你怨恨它的不合理，并且一直在逃避它，那你一定要明白，在未来的人生路上，还会有很多跟它一样的家伙在等着你，而且，那些家伙很有可能想躲都躲不掉。

学渣：这算是，逃得了一时，逃不了一世？

学霸：既然逃不了一世，又何必去逃一时？你要知道，这一时的历练，也许恰恰有益于一世。

第二节 分数之楼的特殊构造

学渣：只在乎顶层的分数，对其他层有何想法？

学霸：没有想法。

学渣：其他层建得非常好，也不会给分数留下哪怕一点儿的好印象？

学霸：不会，它一点儿也不在乎其他层。

学渣：但那些其他层，却几乎花费了我们建楼人所有的时间和精力。

学霸：的确，一个学期建一层，等所有学期结束了，才开始轮到那最后一层。而建最后一层所需要的时间，哪怕只跟其中一个学期相比，都像是一瞬间。

学渣：于是，费尽工夫建起的其他层，只是为了托起顶层？

学霸：如果你有办法只在半空中建一个顶层，就大可不必再浪费时间去建其他层了。

学渣：这个我还真没办法。

学霸：那就一层一层地建吧，虽然分数不在乎其他层，但分数在乎的顶层，却不能没有其他层。

学渣：可如果它们只是为了托起顶层，是不是没有必要过于精益求精了？

学霸：事实上，怎么精益求精都不为过。

学渣：要求这么高？莫非其他层还有其他作用？

学霸：其他层还真如你所言，只是为了托起顶层，但在这座分数之楼上，托起顶层可不是一件容易的事情。

学渣：有何难？

学霸：难在这座楼的特殊构造上。

学渣：特殊构造？说来听听。

学霸：各个楼层的重量，差异巨大。

学渣：还不是差不多一样重？

学霸：越高的层，越重。

学渣：这是什么道理？

学霸：因为越高的楼层，代表了越高等的学期，而越高等的学期，往往要面对越高深的考点。

学渣：这倒不假，越往上学，总是越难学。

学霸：那种难，又不仅仅因为新东西，还因为那些新东西里，往往融合了许多旧东西。

学渣：这也不假，越往上学，越复杂多样，越会牵扯到以前的东西。

学霸：这样以来，对于每一层来说，较低层没用到的建材，它会用到，较低层用到的建材，它也会用到。

学渣：这么说来，上层总比下层用的建材多？

学霸：这正是越往上越重的原因。

学渣：那顶层又有多重？

学霸：顶层是最终的考试，最终的考试考什么？

学渣：只要学过的，都可能会考到。

学霸：如此，一个最顶层，将会用到其他层用过的所有建材。

学渣：那它岂不是比其他所有层的重量总和还要重？

学霸：这正是分数之楼的特殊之处——越往上越重，而最顶层，则重得足以抗衡其他所有层的总重量。

学渣：这般头重脚轻的楼，少见。

学霸：脚虽然轻，却要托起它之上的所有层，而那里面的任意一层，又都比它重得多。

学渣：这么说来，用料越少的，反而承担得越多？

学霸：最底层用料最少，却几乎担起整座楼的重量。

学渣：那它得多坚固，才担得起来啊！

学霸：它有多坚固，不正是建楼者的事情吗？

学渣：难怪你说，怎么精益求精都不为过？

学霸：也只有那种越往下越精益求精的建法，才有可能建起一座越往上越重的分数之楼。

学渣：这似乎也并不难，因为越往下的东西越简单，越容易掌握，那都是些基础。

学霸：但看似简单的基础，却也恰恰是人常常忽略的东西。

学渣：那会有什么后果？

学霸：忽略了某些考点，自然也就得不到建楼用的某些建材。

学渣：建材不够，可没法建楼。

学霸：按理说，不能建。

学渣：听你的口气，事实上还能建？

学霸：你要知道，人这种动物最擅长自我欺骗，没有的东西也可以假装有。

学渣：但没有的东西，总归是没有。

学霸：所以只能偷工减料了

学渣：偷工减料？那岂不了成豆腐渣工程？

学霸：是不是渣，有多渣，要看缺的是什么考点。

学渣：这还有区别？

学霸：有些考点很关键，代表它们的建材，往往被用在楼层的关键位置，比如说，承重墙。

学渣：承重墙里缺材料，可真就成豆腐渣了。

学霸：还有一些考点更关键，它们不仅会被用在特定的某层楼上的关键位置上，更被用在了往上的所有楼层上的关键位置上。

学渣：如此关乎整栋楼命运的考点，就更不能缺了。

学霸：但可惜的是，它们因为过于基础和不起眼，反而成为最容易被人忽略的对象。

学渣：缺了那样的材料，建起的楼得有多渣啊！

学霸：也许，风一吹就倒了。

学渣：那就别指望分数能留下了。

学霸：别说留下，分数就连靠近都不敢，因为它怕被砸到。

学渣：但既然有关键考点，是不是也应该有相对不关键的？

学霸：相对不关键的，常常用在不关键的地方，而且，很多层都用到它的时候，也不多。

学渣：缺了这样的材料，对楼的影响应该不会太大吧？

学霸：那还是要看它被用在了什么地方。

学渣：你刚刚说，它们常常用在不关键的地方。

学霸：但在不寻常的时候，它们也会出现在不寻常的地方。

学渣：比如？

学霸：顶层。

学渣：最关键的顶层，用到了最不关键的材料？

学霸：最终的考试，可能考到任何考点，所以最关键的顶层，便也可能用到任何材料。

学渣：那可就悬了。

学霸：因忽视不起眼的东西而导致全盘皆输这种事，在这个世界上几乎每天都在发生。

学渣：如此说来，还是什么也不缺为好。

学霸：什么也不缺，才称得上真正的坚固。

学渣：如此说来，还是别自欺欺人为好。

学霸：欺骗自己容易，欺骗别人也不难，但要欺骗分数那家伙，太难了。

第三节　不得不接受的豆腐渣

学霸：建楼者们，常常聚到一个地方，一起建楼。

学渣：你是说，学校？

学霸：那地方又将他们分成了一拨一拨，以便管理。

学渣：你是说，班级？

学霸：每一拨里的所有建楼者，又都在严格遵守着一个关于时间的规则。

学渣：规则？什么规则？

学霸：建楼者建造一层楼的时间，最多只有一个学期。时间一到，便要去建新楼层。

学渣：一个学期接着一个学期，一个学年跟着一个学年，大家都是这么过来的。

学霸：这么一来，问题也就来了。

学渣：什么问题？

学霸：一个班里的建楼者，虽然年纪相仿，但由于先天条件和后天环境有差异，他们各自建楼的速度，并不一样。

学渣：没办法，有人学得快，就有人学得慢。

学霸：那些快的，可能时间未到便已建完，可有些慢的，则常常无法在规定时间内备足建材、弄懂图纸。

学渣：那他们肯定无法按时完工了。

学霸：但规则要求他们必须同那些快的一起往上建新楼层，于是，他们又必须按时完工。

学渣：问题是，在没有足够建材、也不能完全看懂图纸的情况下，怎么按时完工？

学霸：没有足够建材，只好偷工减料、弄虚作假；看不懂图纸，只好不懂装懂、胡乱建造。

学渣：靠这种手段把楼层建起来？

学霸：不靠这种手段楼层便建不起来。

学渣：这般建起来的楼层，没有问题?

学霸：你觉得没问题?

学渣：我觉得像豆腐渣。

学霸：本来就是豆腐渣。

学渣：于是，那些建楼慢的人，在匆忙建起一层豆腐渣后，就匆忙地跟着建楼快的人，一起开始了新楼层的建造工作?

学霸：时间有限，他们只能如此。

学渣：于是，他们要在豆腐渣楼层上面，建造新楼层?

学霸：时间有限，也只够他们建一个豆腐渣楼层。

学渣：那就希望他们在新楼层的建造工作中，能及时备齐建材，看懂图纸吧。

学霸：他们自己也是这么想的，可惜，也只能想一想。

学渣：没做到?

学霸：根本做不到。

学渣：为何做不到?

学霸：因为当他们开始建造新楼层的时候，才发现，这里要用到的很多建材，恰恰是旧楼层用过的。

学渣：旧楼层都不够用，那在新楼层上，岂不是一点儿也没有了?

学霸：更糟糕的是，新楼层还需要新建材，而新建材往往比旧建材更难弄到。

学渣：听起来，他们面临着旧建材没库存、新建材又很难拿到手的尴尬处境。

学霸：更更糟糕的是，新楼层的建造图纸，也比旧楼层的更复杂，更难懂。

学渣：说得我都已经开始头疼了。

学霸：更更更糟糕的是，建造新楼层，同样有时间限制。

学渣：如此，似乎只有一条路可走了。

学霸：没错，他们只好继续弄虚作假、偷工减料，继续不懂装懂、胡乱建造。

学渣：忙了半天，原来又造了一层豆腐渣。

学霸：事实上，新楼层可用的建材，比旧楼层更少。他们对新图纸的理解，也比旧图纸更糟。

学渣：也就是说，他们不但将新楼层建成了豆腐渣，而且还只能将其建成比旧楼层更渣的豆腐渣楼层。

学霸：没办法，当一个建楼者因为各种原因而不得不将某一层建成豆腐渣时，那从这层开始，在那个同开工同收工的规则之下，他便不得不面对一层更比一层渣的结果。

第四节　差生的楼

学渣：豆腐渣楼层上面，只会是豆腐渣吗？

学霸：不但只会是豆腐渣，而且只会是更渣的豆腐渣。

学渣：那我很好奇，如此渣下去，到了顶层究竟会有多渣？

学霸：事实上很多时候，根本到不了顶层。

学渣：什么意思？

学霸：越往上建，建楼人能拿到的材料越少，越往上，图纸越难看懂，就这样一层一层又一层，不断递减。

学渣：你的意思是，会减到零？

学霸：终有一层，建楼人再也得不到任何材料，看不懂任何图纸。

学渣：那还建什么楼？

学霸：这些人，很可能在建造顶层之前，已然不得不面对无料可用、无图可懂的地步。而一旦到了那种地步，就连造一个豆腐渣楼层，都将成为奢望。

学渣：不得不说，其实我本人，似乎就要走到那种地步了。

学霸：不得不说，在那个规则下，每一拨建楼人中，总有人不得不走到那种地步。

学渣：而一旦到了那种地步，我们还得到了一个称号。

学霸：什么称号？

学渣：差生。

学霸：其实，差生只是“慢”，只因时间不够，仓促中只好将楼建得“差”。而“差”，又让他们在接下来的建造中，变得更加“仓促”。

学渣：更加“仓促”的结果，也只能是更“差”了。

学霸：“差”和“仓促”，就这样在相互加强中，各自达到了极致。

学渣：“差”到极致，是零，是什么也无法再建，那“仓促”的极致，又是什么状态？

学霸：这正是有趣的地方，“仓促”到了极致，反而会走向另一个极端。

学渣：是什么？

学霸：既然在“差”的极致下，建楼人什么也建不了，那他们自然就用不着“仓促”了。不但不会再“仓促”，反而会很悠闲。

学渣：这样的悠闲，真是讽刺。

学霸：还有更讽刺的。

学渣：说来听听。

学霸：别人建好一层后，继续往上建新楼层去了，差生什么也没建，却也得跟着去建新楼层。

学渣：旧楼层还没影，哪来的新楼层？

学霸：没有新楼层，也得去往新楼层应有的高度上，因为规则就是这么要求的。

学渣：问题是，如何去？

学霸：别人是踩着自己建好的楼层，差生们，只好搬个梯子。

学渣：踩着梯子上到同样的高度？

学霸：是的。

学渣：上去干什么？

学霸：什么也干不了，顶多看看风景，看看别人如何建楼，那是悠闲得很啊。

学渣：原来差生的楼，建到最后，只剩下个梯子了。

学霸：很遗憾，但也确实如此。

学渣：那么，分数会住在梯子上吗？

学霸：很遗憾，它只住在能令自己满意的顶层里。

学渣：如此，这仅仅剩下的梯子，又有何用？

学霸：多少还有一点儿用，起码能让差生们达到与其他建楼人同样的高度。

学渣：达到同样的高度，有好处？

学霸：不但没有好处，还可能有坏处。因为爬上太高的梯子，总是有掉下来的危险的。

第五节　楼上有风

学渣：我在想，目前的我，恐怕已经在梯子上了。

学霸：到那种地步了？

学渣：什么也不懂，什么也不会。只能空待在梯子上，眼睁睁看着别人建楼。

学霸：那你要小心了。

学渣：小心什么？

学霸：风。

学渣：什么样的风？

学霸：有可能把你从梯子上吹下来的大风。

学渣：风从哪里来？

学霸：心里。

学渣：心里？谁的心里？

学霸：你自己的心里。

学渣：我的心里能生风？

学霸：能。

学渣：如何生？

学霸：风，是空气的流动，而空气的流动，源自温差。

学渣：你是说，我的心里有温差？

学霸：外界的风，源自温差，心里的风，则源自落差。

学渣：什么样的落差？

学霸：理想中的楼，与现实中的楼，之间的落差。

学渣：理想中，我渴望拥有一座好楼。

学霸：但现实中的你，却只能站在梯子上。

学渣：听起来是有些惨。

学霸：这就是落差。

学渣：这样的落差，真让人不好受。

学霸：不好受的感受，就是风，它让站在梯子上的你，不得安稳。

学渣：这样的落差，还让我怀疑自己，我真的可以建好楼吗？

学霸：自我怀疑，也是风，它让站在梯子上的你，承受着更加剧烈的晃动。

学渣：这样的落差，更让我害怕，害怕再往上爬，害怕更高的高度。

学霸：害怕面对，还是风，它让站在梯子上的你，已然摇摇欲坠。

学渣：看来，我要面对的风，真不少。

学霸：还远不止这些。

学渣：还有什么风？

学霸：还有来自梯子底下的风。

学渣：梯子底下也有风？

学霸：梯子底下有人，而这些人，能生风。

学渣：什么人？

学霸：老师，家长。

学渣：他们？

学霸：是他们。

学渣：他们如何生风？

学霸：说一些话，做一些事，便可生风。

学渣：什么话？什么事？

学霸：督促你学习的话，强迫你学习的事。

学渣：哦，作为一个差生，不得不说，那样的话，我几乎每时每刻都会听到；那样的事，我几乎每时每刻也都可能遇到。

学霸：那样的话和事里，其实一直包含着他们的一个想法。

学渣：什么想法？

学霸：既然是督促和强迫，那他们必然觉得你缺乏动力。

学渣：但我觉得我不缺动力，我想建一座好楼，我非常想建一座好楼。

学霸：可惜，他们不这么想。

学渣：我在想，他们为什么不这么想？

学霸：因为他们眼中的你，并没有专注于建楼，而只是在做一些建楼之外的事情。

学渣：我也想好好建楼，可我又实在不知该如何好好建楼。

学霸：这很正常，因为你在梯子上。梯子上的你，没有建材，又完全看不懂图纸，别说建好楼，就是建一层豆腐渣，都办不到。

学渣：还有，我也不想被其他事情分心，只是当我不知该怎么建楼的时候，便总不知不觉被一些其他事情吸引。

学霸：这也很正常。不好好建楼，不一定是因为忙于其他事情。事实上可能正相反，忙于其他事情，恰恰是因为不知该如何好好建楼。

学渣：你可真替我着想。

学霸：其实，梯子底下的人，也都在替你着想，甚至再也找不到其他什么人，比他们更替你着想的了。

学渣：我能理解他们，那些话那些事，都没错。

学霸：但那些话和事，也仅仅是风，它们带不来建材，带不来图纸，只凭空助涨了梯子上的风势，让站在上面的你，愈加摇摆不定。

学渣：原来我要承受的风，有这么多。

学霸：不但多，而且往往同时袭来，同向起势。

学渣：那风势岂不是很大？

学霸：非常大。

学渣：那我岂不是很危险？

学霸：很有可能掉下来。

学渣：掉下来是什么后果？摔死还是摔残？

学霸：轻则残，重则死。只不过，死或者残的不是躯体，而是信心。

学渣：信心死掉后，是什么样子？

学霸：信心死掉后，就连你仅存的一些想建好楼的动力，可能也会烟消云散。

第六节　空中楼阁

学渣：我在梯子上。

学霸：看到了。

学渣：但我不想就这么一直待在梯子上。

学霸：可以理解。

学渣：我想站在坚固的楼层上。

学霸：你确定？

学渣：为什么这么问？

学霸：因为很多待在梯子上的建楼人，由于在梯子上的时间太长了，以至于后来真的就不想建楼了。

学渣：那他们想做什么？

学霸：他们已不在乎楼的好坏，更不在乎是待在梯子上还是楼层上，他们只是待着，只是为了度过那段建楼的岁月。

学渣：我确定自己还是想建一座好楼的，也想尽了办法，试图得到建材，试图看懂图纸。

学霸：若你真的想建一座好楼，那我不怀疑你的努力。

学渣：不只是我，我的家人和老师，也都在努力。

学霸：我更不怀疑他们的努力，事实上很多时候，他们比建楼人本人更努力。

学渣：他们想尽了办法，各种各样的办法，学习上的，生活上的，身体上的，思想上的，意志上的，情感上的，甚至于拜佛烧香、诵经祈祷，也都尝试过了。

学霸：我佩服他们

学渣：他们还真值得佩服。

学霸：我也佩服你。

学渣：但所有人的所有努力，似乎毫无成效。

学霸：事实上我佩服的，并不是你们的努力。

学渣：那你佩服什么？

学霸：我佩服你们的勇气。

学渣：这从何说起？

学霸：在我看来，你们试图创造一个奇迹，这是需要很大勇气的。

学渣：奇迹？这又从何说起？我只是希望建一座好楼而已。

学霸：可你真正在做的，是试图在梯子上建一座楼。

学渣：梯子上？

学霸：难道你没在梯子上？

学渣：正因为我在梯子上，所以才如此希望建一座好楼。

学霸：于是你努力地获取建材，努力去理解图纸，你的家人老师也同样想尽办法，试图帮助你获取材料理解图纸，结果呢？

学渣：目前来看，一无所获。

学霸：当然一无所获，因为你在梯子上，梯子上只有空气、只有风，难道你能从风中得到建材？

学渣：恐怕不能。

学霸：就算真有一股神奇的风，吹来了你想要的建材，吹来了能看懂图纸的思路，难道你能在梯子上建一座楼？

学渣：自然不能。

学霸：但这恰恰是你们正在做的事情——试图凭空得到一切，然后凭空建起一座空中楼阁。

学渣：我正在做这么神奇的一件事情？

学霸：这样神奇的事情，恐怕只有神才能做到。

学渣：如此，倒也解开了一个一直困惑我的困惑。

学霸：那是……？

学渣：为什么我就是学不好。

学霸：哦，原来是这个。

学渣：我的家长老师们，也在困惑于同样的困惑——办法用尽了，尝试做尽了，为什么我越学越学不好。

学霸：这个困惑，不但曾经困惑了很多人，而且还一直在困惑着很多人。

学渣：现在看来，这个困惑其实就是——为什么我就是建不好空中楼阁呢。

学霸：你们一直在为只有神才应该操心的事情而操碎了心。

学渣：如此，这个困惑，现在看来更像是一个笑话。

学霸：除非，你真能成为神。

学渣：你这也应该算是笑话吧？

学霸：听起来，你没有信心成为神。

学渣：你又在讲笑话了。

学霸：好吧，既然成不了神，也就别再困惑于神的事儿了。

学渣：我也是这个意思。

学霸：那就好。

学渣：不好，一点儿也不好。

学霸：何出此言？

学渣：因为旧的困惑刚走，新的困惑就来了。

学霸：什么困惑？

学渣：我，一个想建楼的人，却偏偏待在一个只有神仙才能建楼的地方。你说，这样的处境，是不是很让人困惑。

学霸：你这个困惑，让我也很困惑。

学渣：你又困惑什么？

学霸：我困惑于你到底想要什么。

学渣：这还用想？我想建好楼。

学霸：是吗？可在我听来，你依然想在梯子上建楼，依然在操心神的事情。

学渣：人本就在梯子上，又能在哪儿建？

学霸：你这句话又让我困惑了。

学渣：你怎么这么多困惑？这回又是什么困惑？

学霸：我困惑于，既然你如此想建楼，而梯子上又绝不可能建楼，那你为什么不下来呢？

学渣：下来？

学霸：下来。

学渣：下来是什么意思？

学霸：放弃梯子，重新站在你曾经建好的楼层上。

学渣：我曾建好的楼层？那恐怕是很久很久以前的事情了。

学霸：别管多久，也别管你在梯子上已爬了多高，只要你还想建楼，就要明白一个道理——楼，是不可能建在空气中的，也不可能建在梯子上，它永远只能建在已经存在的楼层之上。

学渣：下来就能建楼？

学霸：下来才能建楼。

学渣：下到曾经建好的楼层上？

学霸：从建好的楼层开始往上建，才能好好往上建楼。

学渣：能好好建楼的话，估计谁也不想待在梯子上，那毕竟只是为了维持高度的无奈之举罢了。

学霸：单纯的高度，带不来任何你想要的东西。

学渣：那就放弃它？

学霸：既然无用，要它何用？

第七节　重新开始吧

学渣：必须从梯子上下来吗？

学霸：如果你能建造空中楼阁，可以不下来。

学渣：然后再一层一层地，自下而上地重建曾经的楼层？

学霸：如果你是神仙，也可以不这样建。

学渣：曾经的楼层，恐怕是曾经的学期、曾经的年级吧？

学霸：所以说，从梯子上下来，也称得上是一次回到过去的时间旅行。

学渣：好文艺的说法。但是，是不是还有一个不太文艺甚至有些颜面扫地的说法——留级？

学霸：如果留留级便可重建大楼，也算占大便宜了。

学渣：你别说，我还真见过身边一些人选择留级的。

学霸：可惜，他们当中的不少人，也只是让身体留了级。

学渣：什么意思?

学霸：人下来了，但心思却毫无建楼的意愿。

学渣：在敷衍了事?

学霸：更可能的是，他们依然无力建楼。

学渣：这是为何?

学霸：在梯子上爬得太高了。

学渣：不高，也不至于选择留级。

学霸：但他们留的级数，却只有区区一两级。

学渣：不太够吗?

学霸：只相当于从梯子上往下挪了一两阶而已。

学渣：他们依然在梯子上?

学霸：他们也依然只能待在那，看看风景、看看别人建楼。

学渣：原来都白忙活了。

学霸：多少还是有些作用的。

学渣：什么作用?

学霸：起码让来自梯子底下的风势小了些，毕竟留级这种事，大多是梯子底下的人安排的。

学渣：听起来，像是在用他们的安排来骗他们。

学霸：人都不傻，没有那么好骗的。

学渣：但也都被骗了。

学霸：那都是心甘情愿被骗，或者只是在自己骗自己罢了。

学渣：可若真彻底下到建好的楼层上，得留多少级啊!

学霸：恐怕，对于大部分高高站在梯子上的人来说，已多得有些不现实。

学渣：那也就难怪他们在现实里自欺欺人了。

学霸：但这看似屈从于现实的“自欺欺人”里，依然有偷懒的味道。

学渣：偷懒？有什么懒可偷？

学霸：懒得真正下来。

学渣：你刚才还说，彻底下来不现实。

学霸：我说的是，彻底留级不现实。

学渣：下来不就是留级吗。

学霸：下来，不仅仅是留级。

学渣：还能怎么下来？

学霸：还能只让眼光和思维下来。

学渣：不太明白。

学霸：眼光，从那些完全学不会的高阶考点上移开，投到曾经还没有完全学会的低阶考点上；思维，从那些完全弄不懂的复杂思路里跳出，回到曾经还没有完全弄懂的简单思路里。

学渣：没身体什么事？

学霸：当眼光和思维在正确的地方时，身体在哪已无关紧要。

学渣：所以，即使我身在高年级，也可以去学低年级？

学霸：你哪是身在高年级，你只是身在高高的梯子上。

学渣：的确，我每天在做的，也只是听着什么也听不懂的课，写着什么也不会写的作业，考着什么分也得不到的考试。

学霸：梯子上的任何努力，都等于没有努力，梯子上的任何结果，都是没有结果。

学渣：我也觉得自己完全是在浪费时间。

学霸：那倒也很好。

学渣：你在讽刺我吗？

学霸：不，真的很好。

学渣：实在看不出有什么好。

学霸：浪费了大量时间固然不好，但反过来看，又说明你拥有大量可以浪费的时间。

学渣：到了那种地步，我也只剩下大量可以浪费的时间了。

学霸：拥有了时间，才能去清理时间。

学渣：清理时间？怎么清理？

学霸：把那些听不懂、不会做、得不到分的，通通赶走。

学渣：从我的时间里赶走？

学霸：从你的时间里全部赶走。

学渣：那就什么也不剩了。

学霸：空了？

学渣：已无事可做，所以时间里彻底空了。

学霸：时间是空的，才能从容地把曾经该做的都做了。

学渣：既无事可做，也便无事可想，所以心里也彻底空了。

学霸：心里是空的，才能专注地把曾经该弄懂的都弄懂。

学渣：这么说来，梯子上的悲惨境遇，倒让眼光和思维下来得更顺畅了。

学霸：福祸相依，从来如此。

学渣：这也算是“福”吗？

学霸：若真能让眼光和思维彻底下来，离“福”也真就不远了。

学渣：也真的不用管身体在哪？

学霸：从梯子上下来这件事，从来无关乎身体，所以，你的身体你做主，爱在哪在哪吧。

第八节　别的办法？

学渣：我正在从梯子上往下挪。

学霸：很好。

学渣：下来后，再重新开始？

学霸：完成了曾经未完成的，那些现在看似不可能完成的，也就变得有了可能。

学渣：算是个办法。

学霸：算是个能解决问题的办法。

学渣：但刚才，我突然有个疑问。

学霸：说来听听。

学渣：就没有更好的办法了？

学霸：我这办法还不够好？

学渣：恕我直言，你这个办法让我想到一个不太好的字。

学霸：什么字？

学渣：慢。

学霸：哦，原来你想要更快捷的办法。

学渣：你的这个办法还让我想到一个更不太好的字。

学霸：请讲。

学渣：笨。

学霸：哦，原来你还想要更巧妙的办法。

学渣：又快又巧，有没有这样的办法？

学霸：你的这个问题，倒让我想起今早发生的一件事。

学渣：说来听听。

学霸：今早出门前，我把衬衣扣子系错了。第一个扣子系到了第二个扣眼里，第二个扣子系到了第三个扣眼里，如此下去，直到最后一个扣子，我才发现没有扣眼了。

学渣：完全错位了。

学霸：错位？好，我喜欢这个说法。那我就想问了，若是你遇到这种情况，会怎么办？

学渣：解开重新系。

学霸：这确实是个办法，但这个办法也让我想到了你刚才想到的那两个字。

学渣：你也想要更快更巧的？

学霸：有吗？

学渣：让我想想。

学霸：好好想，慢慢想，不急。

学渣：既然错位了，当然只有解开它，才能纠正它。

学霸：没有再快的？

学渣：而既然又全部错位了，那也只有全部解开，才能彻底纠正。

学霸：没有再巧的？

学渣：没了。

学霸：你确定？

学渣：我确定。因为不管你是从下面开始纠错，还是从上面开始纠错，也不管你是边解开边纠错，还是先全部解开再依次纠错，你都难逃一个基本原则：只有全部解开，才能彻底纠错。

学霸：好，挺透彻。

学渣：本就不难理解。

学霸：既然理解了衬衣问题，也就应该能理解楼的问题了。

学渣：有类似之处？

学霸：没人天生就是差生，大家最开始都想建一座好楼，奈何有些人慢，他们建一层楼的用时，远大于规定的时间。于是在时间上，最先发生了错位。

学渣：时间错位？倒也说得通。

学霸：为了从表面上弥补时间错位，那些人只好用豆腐渣去代替坚固的楼层。于是，楼层的错位也发生了。

学渣：用一个错误去掩盖一个不足，人们都挺擅长干这件事情。

学霸：楼层的错位让豆腐渣越来越渣，最终渣得什么也不剩了，他们只好去搬梯子了。而这，又何尝不是一种错位。

学渣：听你这么说，衬衣和楼的问题不但类似，甚至类似得根本就是一个问题。

学霸：所以两者各自的解决办法也很类似，甚至类似得根本就是一种办法。

学渣：全部解开，才能彻底纠错？

学霸：彻底下来，也才能重新建起。

学渣：在梯子上往下挪一层楼的高度，是不是就算解开了一层楼的错位？

学霸：是。

学渣：那要解开全部，就得下到底了。

学霸：在衬衣上用那个解决方法，起码还可以有不同的实施形式，就像你说过的那样，或者边解开边纠错，或者先解开再纠错，但在楼的问题上，由于只能从下往上建，所以也只有先彻底解开，然后才能彻底纠错。

学渣：如此说来，不但没有比“从梯子上下来”更快更巧的办法，而且连更慢更笨的办法也没有了。

学霸：那确实是唯一的办法。

学渣：一切从头开始，我还真没想过。

学霸：岂止是梯子上的你，梯子下的那么多人，又有多少人能想到重新开始？众人的思维总是待在那个虚幻的高度上，众人的眼光总是紧盯着现在的处境，只是，梯子上能有什么？虚幻里能有什么？现在又能有什么？

学渣：没有能懂的考点，没有会做的作业，没有能得分的试卷，还真什么也没有。

学霸：那从一个什么也没有的状态里，又能得到什么？

学渣：得到的，只有焦躁、烦恼、沮丧、失落。

学霸：找错了地方，自然什么也找不到，而当总是什么也找不到时，那些情绪也自然会到来。

学渣：于是，该找的地方不在梯子上，而在梯子下？该解决的问题不在现在，而在以前？

学霸：现在之所以有问题，只因曾经遗留了问题，而当你把曾经的问题解决后，现在的问题也就再不是什么问题了。

学渣：好吧，我已经完全明白你的意思了。

学霸：那就好。

学渣：但我还是有点问题。

学霸：说来听听。

学渣："从梯子上下来"这种方法，总让我觉得，像是一种后退。

学霸：这本来就是一种后退，但在很多时候，后退是为了更好地前进，推倒是为了更好地建起，下来是为了更好地上去。

第九节　下到底

学渣：我已经下来了。

学霸：站到楼层上了?

学渣：下完梯子的最后一阶，就踩到楼层上了。

学霸：也就是说，你目前站到了梯子脚下的那层?

学渣：是。

学霸：小心点儿。

学渣：怎么这么说?

学霸：难道你忘记自己为什么会用梯子了?

学渣：建不起楼，不得不选择梯子。

学霸：应该是连豆腐渣都建不起后，才选择的梯子。

学渣：的确如此。

学霸：如此，梯子脚下的那层楼，不但是个豆腐渣，而且是你能够建起来的最渣的那层豆腐渣。

学渣：哦，我还真把豆腐渣的事情给忘了。

学霸：没人会在还能建造坚固楼层的时候，选择梯子。

学渣：好不容易摆脱了梯子，我还以为可以开始建楼了。

学霸：当年的你在这层上连豆腐渣都建不起来了，更别说又在梯子上待了很久的现在的你了。

学渣：即使能建起，我也不敢再在豆腐渣上建了。

学霸：是啊，一层渣得不能再渣的楼层，又怎能撑起沉重的分数之楼。

学渣：于是，还得继续往下?

学霸：你只是刚刚下了梯子，离“彻底下来”还很远。

学渣：直到我找到坚固的楼层？

学霸：找不到坚固楼层就开始建楼，结果只会是重复当年那个从豆腐渣到豆腐渣都建不起再到不得不选择梯子的悲惨过程。

学渣：到底什么样的楼层，才称得上坚固？

学霸：所有该用的建材都足量地用上了，所有该用的设计也都完全实现了。

学渣：必须如此？

学霸：必须如此。

学渣：如此对我来说，可就不好找了。

学霸：不急，慢慢找，不管对谁，都终会找到。

学渣：但在我的印象里，已完全想不起有哪一年哪一个学期能够彻底地学完整、学精通了。

学霸：即使在你的印象里没有，在你的印象外也必然没有。

学渣：为何这般肯定？

学霸：因为你寻找的方向是往下。越往下，知识越简单，而越简单，你学完整学精通的概率也就越大。

学渣：若我始终找不到呢？

学霸：没人天生就是差生，再差的人，也会拥有一个完全学会的阶段，虽然这个阶段，可能是很久很久以前了。

学渣：但你有没有想过，也许我的差，已远超你的想象。

学霸：你可以超过我的想象，但绝不会超过楼的尽头。

学渣：楼的尽头是？

学霸：地基。

学渣：我还真有可能连地基都没弄好。

学霸：你认识阿拉伯数字吗？

学渣：认识。

学霸：认识汉字吗？

学渣：认识。

学霸：两种东西都完全认识？

学渣：完全认识。

学霸：那你的地基没问题，建得很不错。

学渣：你是说，构建地基的，只是数字和汉字？

学霸：咱们接触的考点被肢解后，无外乎就这两种东西。

学渣：这样的地基，倒也确实很容易建造。

学霸：所以我才敢说，只要往下找，就一定能找到，任何人往下找，都一定能找到。

学渣：但也许，真有人连个坚固的地基也没有。这样的人，又该以什么为起点进行重建？

学霸：开始就有缺陷，当然要重新开始，地基都没打牢，当然要重建地基。

学渣：那样的话，就是名副其实的从头开始了。

学霸：从哪里开始，头或尾不是标准，高和低不是标准，唯一的标准，是坚固。

学渣：为了这样的标准，一些人恐怕真要下到底了。

学霸：既然下决心要重建，下到哪里，从哪里开始，又有什么关系呢？

学渣：不能说没关系。毕竟对某些想重建的人来说，“必须从头开始”实在不是一个好消息。

学霸：错，恰恰相反，这不但是个好消息，而且是天大的好消息。

学渣：此话怎讲？

学霸：因为这个消息其实是在告诉那些人，即使他们差得连地基都没有打牢，只要有勇气和决心彻底下来，依然有机会建起高耸得分数之楼。你说，这还不算好消息?

学渣：如此去理解，那差生既不是天生的，也不是永远不变的。

学霸：那都是自己可以掌控和选择的，即使最终出现了失控和别无选择的境地，也都是自己让自己失控了，自己选择了别无选择。

第六章 时间燃料

第一节　缺？不缺？

学渣：又是这样。

学霸：哪样？

学渣：又得到一个分数。

学霸：那恐怕是一个人在应试生涯里，得到了很多的东西。

学渣：可每次得到那东西，总让我想起一个词，这一次也不例外。

学霸：什么词？

学渣：残破。

学霸：怎么想起它了？

学渣：不残破，能这么少？

学霸：哦，如此说，倒也贴切。

学渣：但我想，分数肯定也不愿意让自己如此残破。

学霸：是啊，它本来不会少得如此可怜。

学渣：所以，应该是因为我缺少某些东西，才导致了残破。

学霸：恐怕是这样。

学渣：于是我就常常想，自己究竟缺了什么东西。

学霸：想清楚了吗？

学渣：越想越不清楚。

学霸：你是怎么想的？

学渣：我列出了很多因素，智力、自制力、决心、忍耐力、热情等等。

学霸：够仔细的。

学渣：然后，我一一排查了这些因素。

学霸：结果呢？

学渣：结果是，这些因素都不至于让我的分数如此残破。

学霸：你确定？

学渣：我确定。

学霸：也就是说，如果把你比作一辆汽车，那你应该是一辆配件齐全、功能完好的车。

学渣：可以这么讲。

学霸：但你这辆车，就是跑不远？

学渣：何止不远，简直不跑。

学霸：这样的话，问题的关键恐怕不在车上了。

学渣：不在车上，在哪儿？

学霸：很有可能在燃料上。

学渣：燃料上能有什么问题？

学霸：燃料本身一般不会有什么问题，但若缺了燃料，问题就来了。

学渣：因为缺燃料而跑不远？这种可能性我还真没想过。

学霸：在应试里，这种可能性常常变成现实。

学渣：但你所谓的燃料，究竟指的是什么？

学霸：时间。

学渣：时间？什么时间？

学霸：研究考点和试题的时间。

学渣：这就是燃料？

学霸：智力、性情是天生的，但时间却需要自己去寻找，这就像汽车身上的配件都是出厂时就装配好的，但燃料却需要自己去装灌一样。

学渣：确实没人天生就懂那些考点，都需要时间学习，哪怕他聪明绝顶。

学霸：也确实没有哪辆汽车可以不装燃料就日行千里，哪怕它极速如飞。

学渣：事实上，大部分人学得不会太快。

学霸：如此，大部分人便需要很多很多的时间。

学渣：听你这么一说，“时间是应试者的燃料”这种说法，还算有道理。

学霸：时间又岂止是应试者的燃料。运动员的肌肉、画家的佳作、工人熟练的技能，这些背后都是时间，很多很多的时间。

学渣：但也没道理。

学霸：怎么又没道理了？

学渣：我是说，我缺时间这个结论，没道理。

学霸：哦？说说你的道理。

学渣：我的道理很简单，看我一天的安排就一目了然了。

学霸：你一天的安排是……？

学渣：在学校时，我大部分时间都坐在书桌前，看书做题。回到家里，我大部分时间还是坐在书桌前，还是看书做题。

学霸：听起来，你确实有不少的时间燃料。

学渣：只是不少吗？我怎么觉得已经很多了。

学霸：所以，你认为自己不应缺时间？

学渣：难道不是这个道理？

学霸：我也有个道理。

学渣：讲讲看。

学霸：很少，可能已经足够；很多，也可能依然不足。

学渣：这算什么道理？

学霸：这其实也是一个关于车本身的道理。

学渣：说来听听。

学霸：车与车之间，总会有差异，那些涉及智力、自制力、决心等方面的配置，总是有高有低。

学渣：这确实是一个让人有些沮丧但又不得不接受的现实。

学霸：于是，完成同样的路程，有的车需要的时间燃料多，有的，则不必那么多。

学渣：这个结论同样让人沮丧，也同样不得不接受。

学霸：但不管是多还是少，总会有一个量，达到了特定的量，才能完成特定的距离。

学渣：你是说，我还没达到那个量？

学霸：量不够，跑得再快再稳，也达不到终点。

学渣：那多少才算够？我想知道那个确切的数值。

学霸：我刚才说了，多与少因人而异，所以任何一个确切的量，都不足以成为所有人的指标。

学渣：那就是没有指标喽？

学霸：量无法胜任，但结果能。

学渣：什么结果？

学霸：终点就是结果，结果就是终点。

学渣：是它？

学霸：就是它，也只能是它。

学渣：于是，只有能达到终点的燃料量，才算够？

学霸：反过来讲，凡达不到终点的，大多也只因为燃料量还不够。

学渣：来来回回都是它。

学霸：没错，那既是指标，又是目标。你想达标，就去储备足量的时间燃料，再让其燃烧。

第二节 看见？看不见？

学渣：很意外。

学霸：什么？

学渣：时间。

学霸：时间是一种燃料。

学渣：这我不意外。

学霸：那令你意外的是……？

学渣：令我意外的是，自己会缺少这种燃料。

学霸：缺少某种东西，大多数时候，是因为那东西太少。

学渣：这个自然。

学霸：但缺少时间燃料的原因，却恰恰相反。

学渣：什么意思？

学霸：缺时间，大多时候不是因为少，而是因为多。

学渣：多，还会缺？

学霸：一般多，估计不会缺，但如果太多了，就有可能。

学渣：这怎么可能？

学霸：时间就是那个“可能”。

学渣：它很特别？

学霸：任何人在任何时刻都拥有它，每分每秒都能使用它。

学渣：我不再拥有它的时候，恐怕只能是我归西以后。

学霸：它让人予取予求。

学渣：也让人毫不费力。

学霸：更美妙的是，得到它还不用付出任何代价。

学渣：这样的东西，真是想缺都难。

学霸：但想缺都难的东西，恰恰是最容易被人忽视的东西。

学渣：视而不见？

学霸：是根本看不见。

学渣：怎么，时间隐形了？

学霸：与时间无关，而是人的脑子。

学渣：脑子怎么了？

学霸：脑子不去想，眼睛便不会去看，而不看，又如何看得见？

学渣：哦，现在想想，自己还真的从没有想到时间身上。

学霸：想不起某些东西，很多时候是因为那些东西遥不可及。

学渣：时间，可并不遥远。

学霸：不但不遥远，而且就在身边。

学渣：身边的东西，还能想不起来？

学霸：因为有些“身边”，不一般。

学渣：什么是不一般的身边？

学霸：不一般的身边就是，形影不离，触手可及，就像时间。

学渣：这样的身边，似乎更不应该想不起来。

学霸：这样的身边，恰恰是人最容易忽略的地方。

学渣：这么说来，时间不但是个很容易被人忽视的东西，而且还总待在一个很容易被人忽略的地方。

学霸：如此特性和位置，让它的缺失变得静悄悄的。

学渣：没被觉察到？

学霸：直到时间的缺失导致了分数上的巨大损失，应试者才意识到，自己定是缺了什么。

学渣：这好像是在说我。

学霸：然后，便是一次次对缺失的探寻。

学渣：这又是在说我。

学霸：我记得你好像对自己进行过一次全面的排查。

学渣：惭愧，我想的都是其他东西。

学霸：当然应该是其他东西，予取予求、免费并且触手可及的时间，早已在应试者的脑子深处种下一个根深蒂固的印象——它怎么会缺少呢?

学渣：是啊，它怎么会缺少呢?当时我的脑子里，都是智力、记忆力、承受力之类的东西。

学霸：可以理解，毕竟那都是车上的关键零件。

学渣：也就是说，我一直在做的事情，是在一辆本没有缺陷零件的车上，寻找车身零件的缺陷?

学霸：其实很多人都在干类似的事情。

学渣：一直在寻找不存在的东西，难怪我越找越困惑，越找越纠结。

学霸：越困惑越纠结，你便越想摆脱那困惑和纠结，然后，你只会坚定地投入更多的时间继续去寻找本就不存在的东西。

学渣：那我用来当燃料的时间，就更少了。

学霸：所以分数的缺失，也就更大了。

学渣：看来还不如不找。

学霸：方向错了，只会越走越远、越走越偏。

学渣：我记得我曾想过，为了找到缺失的东西，我愿意付出任何可以承受的代价。

学霸：但你肯定没想到自己真正缺失的，是予取予求毫无代价的。

学渣：我记得我还曾想过，为了找到需要的东西，我愿意奔向天涯海角。

学霸：但你肯定没想到自己真正需要的，却就在触手可及的身边。

学渣：真没想到，到头来，一切如此简单。

学霸：其实很多时候，想到不简单的东西，没那么难；想到简单的东西，反而一点儿也不简单。

第三节　老天爷的角色

学渣：我同意你说的。

学霸：我说过什么?

学渣：你说过我这辆车，零件正常。

学霸：事实上大部分的车，零件都很正常。

学渣：可惜也仅仅是正常。

学霸：什么意思?

学渣：只能称之为正常的零件，还不足以达到我想要的结果。

学霸：零件不够好?

学渣：我见过不少足够好的，但都没在我身上。

学霸：原来你依然在想零件的事情。

学渣：我不但想了，还做了。

学霸：你做了什么?

学渣：试图让身上的零件变得更好的事情。

学霸：例如?

学渣：例如，看各种提升思维能力、强化记忆力的书，吃各种益智健脑的食物，听各种专家学者的讲座。

学霸：蛮辛苦的吧？

学渣：辛苦倒是次要的。

学霸：那主要的是……？

学渣：主要的是，白辛苦了。

学霸：没效果？

学渣：只让钱包的厚度产生了明显变化。

学霸：你真想提升那些零件？

学渣：十二分的真心想。

学霸：那你去找老天爷吧，我们身上的东西都是他老人家亲自挑选并装配的。

学渣：没别的办法了？

学霸：只有原厂家有权限和能力做这项业务。

学渣：看来我一直在做只有老天爷才能做的事情。

学霸：更准确地讲，你一直在做只有老天爷才能做成的事情。

学渣：结果我自己做不成，又找不到老天爷。

学霸：做那样的事情，恐怕只会是这样的结果。

学渣：看来我只能当一辆正常的车了。

学霸：其实大部分的应试者，也都只能当一辆正常的车。

学渣：但在我身边，真有顶级的好车。

学霸：好车虽少，也总是有的。

学渣：那些好车，很快。

学霸：顶级的零件，确实让他们在理解和记忆所学上，速度超群。

学渣：那些好车，也真远。

学霸：顶级的零件，也确实能让他们在燃烧一定时间燃料的情况下，理解和记忆更多的所学。

学渣：不但更快，燃油效率还更高，真是什么都被他们占了。

学霸：这点确实跟现实里“好车费油”的状况相反。

学渣：可惜我这辆车，恐怕永远无法那么快、那么远了。

学霸：这句话，我只能同意一半。

学渣：哦，哪一半？

学霸：由于零件上的局限性，你确实不可能那么快了。

学渣：这是前一半，也就是说，你不同意后一半？

学霸：不同意。

学渣：你觉得我可以那么远？

学霸：是什么又让你觉得，你不可以那么远？

学渣：零件上的差距，实在明显。

学霸：并非所有的好车，都很远，也并非所有很远的车，都是好车。

学渣：你是说，零件等级，决定不了远近？

学霸：零件等级，只决定了速度，也就是理解和记忆所学的快慢，但车的远近是衡量应试者究竟能理解和记忆多少所学，是一段距离。速度并不是距离。

学渣：我首先要考虑的，是距离。

学霸：那是每个应试者都不得不首先考虑的，毕竟只有理解和记忆了足够的“所学”，才有资格考虑“所用”的问题。

学渣：既然速度决定不了距离，那什么才能决定？

学霸：关于距离，有一个公式。

学渣：公式？说实话，我一遇到公式就头疼。

学霸：别怕，这个公式很简单——速度乘以时间，得到的结果就是距离。

学渣：还是需要速度。

学霸：你又光盯着速度看了，没看到这是包含两个变量的公式吗？

学渣：看到了，还有时间。

学霸：速度和时间，共同决定了距离。

学渣：如此，根据乘法的规则，速度值越大，距离应该越远。

学霸：那是在时间量不变的前提下。

学渣：哦，也对，这同样是乘法的规则。

学霸：事实上，应试中的那个规则，正好相反。

学渣：如何相反？

学霸：应试中，相乘的两者里，不变的是速度。

学渣：哦，也对，只有老天爷能改变零件，进而改变速度。

学霸：老天爷保留了改变零件的权利，没有对外授权。

学渣：小气的老天爷。

学霸：小气？不，不，不，他不但不小气，而且很慷慨。

学渣：这么替他说话？老天爷给你好处费了？

学霸：老天爷给我的，远比好处费重要。

学渣：还真给你东西了？

学霸：不只给了我，是给了所有人。

学渣：到底给了什么东西？

学霸：他给每个应试者的车上，都装了一个容量超大的油缸，然后，让应试者自己决定时间燃料的量。

学渣：这么说，在决定距离的两个变量中，老天爷决定了一个，我们自己决定另一个？

学霸：老天爷大方地分了一半的决定权给我们。

学渣：这就是你说的慷慨？决定时间燃料？

学霸：决定时间燃料，有时候足以决定一切。

学渣：你哪来的底气敢这么说？

学霸：在应试中，我就敢这么说。

学渣：应试有特别的地方？

学霸：它最特别的地方就是，它很普通，一点儿也不特别。它不是在探索未知，而只是在学习已知，它不是在创造不存在的，而只是在熟悉已存在的。于是，应对它所需要的零件配置，大部分车都具备。

学渣：大部分车都是什么车？

学霸：大部分车都是正常的车，因为老天爷在装配零件的时候，好得不正常的零件用得很少，差得不正常的零件用得也很少。

学渣：正常的车，估计也只会有一个正常的速度。

学霸：速度虽只是正常，但油缸很大，应试者又可以自由添加，于是，与速度值相乘的时间燃料量，便有着无限的可能。

学渣：然后，相乘的结果，也将有无限可能？

学霸：不正是乘法的规则吗？

学渣：所以你才会说，并非所有的好车都很远？

学霸：超群的速度值，如果仅仅乘了一个微乎其微的时间燃料量，结果当然不会太远。

学渣：所以，你才会说，并非所有很远的车都很快？

学霸：普普通通的速度值，如果乘了一个惊人的时间燃料量，结果当然也会很惊人。

学渣：让本应该远的好车，变得不远，让本应该近的普通车，变得不近，这种扭转乾坤的能力，倒又让我想到了老天爷。

学霸：事实上，在这个乘法里，应试者比老天爷更像老天爷。

学渣：此话怎讲？

学霸：老天爷先决定了速度，而在速度已定的情况下，应试者再去决定时间，然后才能得到那个距离。

学渣：听起来，决定最终结果的不是老天爷，而是应试者自己。

学霸：所以说，在那个关于距离的乘法里，应试者事实上在扮演老天爷背后的老天爷。

学渣：扮演老天爷？曾经执迷于提升零件的我，就试图在扮演他。

学霸：可惜，面对乘号两侧的两个舞台，你选错了边。

学渣：是啊，我一直在抢老天爷的那个角色。

学霸：事实上，老天爷对此也很纳闷——明明留给应试者的是一个更有决定权的角色，为什么他们还要过来抢我的呢？

第四节　方向

学渣：仔细想想，我突然觉得自己挺可笑的。

学霸：可笑在哪儿？

学渣：一开始，我总想着提升自身的零件。

学霸：谁都想提升零件，毕竟那种成功带来的诱惑，相当大。

学渣：后来，我领悟到，那不过是一种试图扮演老天爷的可笑行为。

学霸：我估计，老天爷笑了。

学渣：可现在，那个关于距离的乘法却明摆着告诉我，我真的可以扮演老天爷。

学霸：“应试者可以扮演老天爷”这个结论，并不可笑。

学渣：是啊，觉得这个结论可笑的我，又在犯可笑的错误。

学霸：老天爷真正笑的，是你扮演老天爷的手段。

学渣：我知道，我太执迷于提升零件了。

学霸：这正是笑点所在。

学渣：以至于我完全忽视了时间燃料。

学霸：这正是关键点所在。

学渣：横竖都是“点”。

学霸：但不同的“点”，却带来了天壤之别的效果。

学渣：我只是没想到，唾手可得的时间燃料，在那个乘法里如此神奇。

学霸：岂止在那个乘法里。世间几乎所有的神奇，都是难以计量的时间燃料，燃烧出来的结果。

学渣：别说了，你越说它神奇，我就越觉得自己忽视了这种神奇是一件多么神经的事情。

学霸：不要紧，你这种神经，并非身体的病，而是认识的病。病了的身体，往往需要一个漫长的恢复过程，但病了的认识，则也许只需一个念头便可彻底扭转。

学渣：我已经在努力扭转了。

学霸：那就好。

学渣：神奇的东西，还是要放到最重要的位置上。

学霸：这就是你扭转后的想法?

学渣：是。

学霸：不好。

学渣：什么不好?

学霸：想法不好。

学渣：哪里不好?

学霸：太过重视时间燃料了。

学渣：不该如此?

学霸：如此，很危险。

学渣：有何危险？

学霸：那危险，曾出现过。当时你眼里只有零件，从而忽视了时间燃料。

学渣：不止是忽视，完全是无视。

学霸：时间燃料因此而变得不足。

学渣：不但不足，而且是难以觉察的不足。

学霸：这就是我说的危险——忽视，往往会导致不足。

学渣：你似乎有些耳背，我刚才说的是，我再也不会忽视时间燃料了。

学霸：我听得很清楚，你要将其放到最重要的位置上。

学渣：正是如此。

学霸：如此，曾停在时间燃料头上的危险，就有可能转到乘号的另一边——速度的头上。

学渣：你是说，当我重视时间燃料时，又可能反过来忽视了速度？

学霸：没办法，人总喜欢犯同样的错误。

学渣：然后，被忽视的速度，也会像被忽视的时间燃料一般，变得不足？

学霸：速度值由零件决定，而零件又由老天爷决定，所以，一般来说，它是恒定不变的。

学渣：这样一来，还会有什么危险？

学霸：速度值不变，但方向会变。

学渣：什么方向？

学霸：行驶的车，总要有个方向。

学渣：这个自然有，我所追求的距离，是以目标为考点的直线距离。

学霸：可惜太多人，并没有走直线。

学渣：不走直线，怎么走？

学霸：绕着走。

学渣：如何算绕着走？

学霸：当应试者坐在书桌前，专注地弄懂或记住了一个该弄懂或该记住的东西，就相当于直线前进了一段距离。

学渣：你的耳朵是不是真有问题？我问的是如何算绕着走。

学霸：与直线走不同的，都算绕着走。

学渣：又会有什么不同？

学霸：专注度不同。

学渣：然后呢？

学霸：然后，假如还是那个应试者，专注度却下降了，那他完成同样目标所需要的时间，就会增加。

学渣：这就算绕着走？

学霸：应试者相同，速度便相同，目标相同，距离也便相同。而同样的速度同样的距离，所用的时间却不同，你说，这不算绕着走，还能算怎么走？

学渣：所以，你说的危险其实是，因为专注度的下降而导致多消耗了些时间燃料？

学霸：本来，这并不算什么问题，毕竟应试是个漫长的过程。

学渣：对啊，完成该完成的距离不就行了？更何况，消耗的是予取予求的时间燃料。

学霸：可惜，很多时候，很多人消耗了很多时间燃料，却连一小段距离也完成不了。

学渣：那他们绕的弯，可够大的。

学霸：有些时候，有些弯，已经弯得不是弯了。

学渣：不是弯是什么？

学霸：圈。

学渣：什么圈？

学霸：圆圈的圈。

学渣：他们在绕圈？

学霸：一圈又一圈，从起点出发，耗掉大量时间燃料后，又回到了起点。

学渣：怎么绕起圈了？

学霸：他们坐在书桌前，面对考点和试题却一无所获，不是绕圈又是什么？

学渣：哦，一无所获。

学霸：听起来，你有想法。

学渣：我没有想法，我只是想起有很多时候，我坐在书桌前，好像就是一无所获。

学霸：也许你还是有收获的。

学渣：什么收获？

学霸：坐在书桌前的你，总在做一些什么，即使什么也没做，也总在想一些什么。

学渣：发发呆，走走神，偷看看小说，偷听听音乐之类。

学霸：如此，小说音乐就是收获，发呆走神带来的一些想法，也是收获。

学渣：若有收获，是不是就不算绕圈了？

学霸：如果撇开方向不谈，走的路程可能还很远。

学渣：但又怎么可能撇开方向不谈呢？我这辆车，本是应试之车，我选的路，本是应试之路。

学霸：那你可能会失望地发现，自己走了半天，却又回到了原地。

学渣：但时间燃料，恐怕已实实在在地被耗掉。

学霸：方向盘一乱，白耗燃料也是必然。而失去方向的速度，哪怕它的数值再大，也依然只是个零速度。

学渣：零？

学霸：是啊，零。

学渣：关于距离的乘法里，出现了零？

学霸：是啊，神奇的时间燃料，不得不与零相乘。

学渣：与零相乘？那结果，也就只能是零喽？

学霸：不是零又能是什么？这不正是乘法的规则吗？

第五节　时间的毒

学渣：看来神奇的时间燃料，也有失效的时候。

学霸：有时候，不仅仅是失效。

学渣：会更严重？

学霸：燃料，在某些时候，还可能变成毒药。

学渣：让人中毒的毒药？

学霸：让人中很深的毒的毒药。

学渣：深到什么程度？能毒死人？

学霸：死倒不至于。但中毒者，会迷了心窍。

学渣：鬼迷心窍吗？

学霸：不是鬼，是时间。

学渣：时间会迷人心窍？

学霸：是。

学渣：有意思。它怎么迷的？

学霸：用它的神奇。

学渣：被迷之后，又如何？

学霸：被迷之人，在被迷之后，越发崇尚于它的神奇。

学渣：只是这样？

学霸：这只是一个开始。

学渣：以后呢？

学霸：以后，毒性渐渐渗入思维里，使中毒者渐渐产生一个中毒的念头。

学渣：念头还能中毒？

学霸：念头很容易中毒。

学渣：我倒想听听，这中了毒的念头，到底会变成什么念头。

学霸：在中了时间之毒的念头里，时间就是距离。

学渣：时间就是时间，怎么变成距离了？

学霸：在中毒者眼里，只剩下时间的神奇，其他的，一概抛向脑后。

学渣：速度呢？方向呢？

学霸：公式里，已没有它们的位置。

学渣：那都有什么？

学霸：只有时间。

学渣：仅一项？

学霸：是。

学渣：一项，如何组成乘法？

学霸：一项，自然成不了乘法。

学渣：不是乘法又是什么？

学霸：将原乘法公式里的“速度”和“乘号”去掉后，就是中毒者心中的公式。

学渣：去掉后,只剩下“距离”“等号”和“时间燃料”三项了。

学霸：把这三项，组合在一起就是了。

学渣：时间燃料等于距离?

学霸：正是此式。

学渣：这恐怕是一个恒等式。

学霸：这本来就是一个恒等式。

学渣：这个恒等式恐怕说的是，燃烧了时间，必然换来等值的距离。

学霸：这正是那个中毒的念头。

学渣：时间等于距离?时间就是距离?

学霸：中了时间的毒，乘法公式就变成了恒等式，时间，也就变成了距离。

学渣：此毒够烈。

学霸：这依然只是一个开始。

学渣：还将深化?

学霸：中毒的念头，自然将导致中毒的行为。

学渣：都有什么行为?

学霸：一些中毒者，试图驱使应试者去获得更远的距离。

学渣：听不出来这有什么不好。

学霸：这只是中毒者的目标，它很好。

学渣：听起来与“毒”毫无关联。

学霸：毒，没在目标里，而在实现目标的行动中。

学渣：他们准备如何行动?

学霸：既然他们视时间为距离，于是就自然而然地认为，强迫应试者去消耗时间，便可让其获得距离。

学渣：强迫去消耗时间并不难。

学霸：只需让应试者坐在书桌前。

学渣：找一张书桌，也不难。

学霸：教室里、卧室里、学校里、补习班里，书桌无处不在，如影随形。

学渣：然后呢？

学霸：然后，中毒者们便守在书桌附近，确保应试者在书桌前消耗时间。

学渣：哦，原来是守在书桌附近的人。

学霸：是的。

学渣：那中毒者的身份便水落石出了。

学霸：说来听听。

学渣：家里守着父母，班里守着老师。

学霸：正是他们。

学渣：都是亲近之人啊。

学霸：毒，正藏在那亲近里，隐秘并深入骨髓。

学渣：面对这些人，应试者似乎别无选择，只能待在书桌前。

学霸：应试者别无选择，中毒者方可心满意足。

学渣：但应试者在书桌前，似乎又有很多选择。

学霸：四面八方皆可行，而专注地学习，不过是其中一个方向罢了。

学渣：但真正能令中毒者满意的，应该只有那个方向吧？

学霸：任何方向都将消耗时间燃料，于是也都将令他们满意。

学渣：哦，也对，他们中毒了，毒性在发作。

学霸：让应试者守在书桌前，才能让发作的毒性得到满足。

学渣：听着像已成了一种毒瘾。

学霸：能让人满足的事物，总是容易上瘾。

学渣：如此说来，停不了了？

学霸：只会守得越来越频繁，越来越长久。

学渣：想想也正是如此。应试者不在书桌前的时间，越来越少了。

学霸：少？恐怕不是。

学渣：怎么，不少？

学霸：不是少不少的问题，而是还有没有的问题。

学渣：能守得让书桌外的时间消失，中毒者也真该满足了。

学霸：看到应试者消耗掉一桶桶的时间燃料，他们确实很满足。

学渣：可惜他们看不到，一桶桶时间燃料换来的，可能是绕弯、原地转圈，甚至逆行。

学霸：能产生空桶就行，就能他们满足他们心中那个公式。

学渣：照这么说，让他们满足，倒也容易。

学霸：你只需坐在书桌前。

学渣：照这么说，书桌成了绝佳的掩体。

学霸：我更喜欢称它为——舞台。

学渣：哦，怎么讲？

学霸：应试者可以在上面演戏。

学渣：那中毒者就是观众了。

学霸：他们堪称最佳观众。

学渣：何为最佳观众？

学霸：将演戏信以为真。

学渣：既让演员表演得很轻松，又让观众深信不疑，这毒，倒堪称资深导演了。

学霸：可惜，再好的导演再好的戏，也有结局那一刻。

学渣：结局，是喜还是悲?

学霸：戏的结局之后，是现实。

学渣：现实可是个常常不尽如人意的东西。

学霸：舞台上的轻松，没有换来现实中的一点轻松，戏剧里的满意，也没有换来现实里的一丝满意。

学渣：原来真是不尽如人意。

学霸：空桶已堆成山，却只换来这样的不尽如人意。

学渣：恐怕中毒者不太理解。

学霸：相当不理解。

学渣：那怎么办?

学霸：他们思考，试图解开这不理解。

学渣：结论呢?

学霸：结论是，烧的燃料依旧不够多。

学渣：他们还要守?

学霸：更加努力地守。

学渣：看来，毒还在。

学霸：一直都在。

学渣：看来，毒够深。

学霸：深入思维，直到灵魂。

第六节　小心毒出没

学渣：守这件事，并不容易。

学霸：单纯的守，很容易。但中毒者的守，并不是单纯为了守，而是为了驱使应试者往前走。

学渣：可惜被守之人，从来不曾被真正驱使。

学霸：没办法，书桌附近的守，只能守住应试者的躯体，但走不走，往哪儿走，却无关乎躯体，而在于思维。

学渣：原来是，守住了躯体而没有守住心。

学霸：也可以说是，守住了油缸，没有守住方向。

学渣：他们也算很努力了。

学霸：千万不要怀疑他们的努力。

学渣：他们还能做什么？

学霸：他们可以去修炼一下操纵思维、掌控人心的特异功能。

学渣：这难度大了点儿。

学霸：事实上，他们试图想完成的，正是这种有难度的事情。

学渣：那他们的失败，也就无法避免了。

学霸：在应试中，外力注定只是白费力。

学渣：何为"外"？

学霸：自己之外，皆为"外"。

学渣：那自己呢？

学霸：自己的思维，自己的心，当然只有自己可以掌控。

学渣：自己真可以？

学霸：真可以。

学渣：如何，才可以？

学霸：照搬中毒者的方法，便可以。

学渣：守？

学霸：守。

学渣：也就是说，自己守自己？

学霸：守住自己的躯体，就守住了油缸，守住自己的心，也就守住了方向。

学渣：有油，又有方向，听起来不错。

学霸：理论上，非常不错。

学渣：为什么说“理论上”？

学霸：因为现实中，总不会太理想，总会有意外。

学渣：什么意外?

学霸：自己守自己的方向，依然不容易。

学渣：那需要守心。

学霸：专注者，才能守心。

学渣：那就去保持专注。

学霸：可惜应试并不是一件讨人喜欢的事情，而喜欢，恰恰又是专注的源动力。

学渣：这倒不假，天天坐在书桌前，恐怕没人会觉得心情舒畅，情绪高涨。

学霸：于是，面对不喜欢的应试，书桌前的应试者即使时时提醒自己保持专注，专注也总在不经意间溜走。

学渣：专注已失，方向恐怕也就要乱了。

学霸：不经意间，乱了。

学渣：这怎么解决?

学霸：想彻底解决，就让自己去喜欢应试。

学渣：难！

学霸：可以理解，谁让应试本就不讨人喜欢。

学渣：没有其他办法了?

学霸：喜欢，是唯一的源动力。

学渣：这唯一能解决失控问题的办法，对于应试者来说，却也是个问题。

学霸：麻烦就麻烦在这里——问题中，套着问题。

学渣：那又该怎么办?

学霸：当问题显而易见却又没法办时，人们总倾向于一种做法。

学渣：什么?

学霸：将那个问题掩盖。

学渣：哦，有道理。

学霸：不是道理，是人性。

学渣：应试者如何掩盖的?

学霸：要掩盖方向上的“失控”，只能用“绝对掌控”。

学渣：既然已失控，又如何绝对掌控?

学霸：对某个东西失控，不影响对其他东西的绝对掌控。

学渣：两个不同的东西?

学霸：是。

学渣：用掌控于彼，去掩盖失控于此?

学霸：没错。

学渣：哦，好办法。

学霸：不是办法，还是人性。

学渣：应试者都用了什么其他东西?

学霸：他们只能用自己所拥有的东西。有心，有躯体，但目前的情况是，心容易失控，是需要被掩盖的东西。

学渣：于是，用的躯体?

学霸：只剩下躯体了。

学渣：听你如此一说，我似乎闻到了“时间燃料”的味道。

学霸：掌控躯体，正是为了掌控时间。

学渣：于是，用来掩盖失控方向的东西，是装时间燃料的油缸？

学霸：它很好地完成了掩盖任务，从此，应试者不再纠结于自己的方向是否正确，不再纠结于在正确的方向上走了多远，他们只需关注一件事。

学渣：看油缸里既定的时间燃料，是否已烧完？

学霸：没错。

学渣：你这么一讲，我似乎又闻到了某个东西的气味。

学霸：什么？

学渣：毒。感染家长老师们的时间之毒，是不是还能感染应试者？

学霸：那毒，不挑人。

学渣：如此，应试者的方向盘，怕是要被毒抢去了。

学霸：毒不用费力去抢，中了毒的应试者，因迷恋于油缸，会主动丢掉方向盘的。

学渣：原来就连应试者自己，也不一定守得住方向。

学霸：只有应试者自己，能守住自己的方向。但在现实里，能做到，不意味着一定做得到。

学渣：我看还是那毒太厉害。

学霸：所以，即使是主动坐到书桌前的应试者，依然要万分小心，小心毒出没。

第七节　孔的发生

学渣：时间之毒，让我想起一个词。

学霸：什么词?

学渣：无孔不入。

学霸：事实上，那毒不但无孔不入，而且总是悄悄地入。不经意间，人就被感染；悄无声息，毒就已发作。

学渣：有毒如此，实恐难以抵挡。

学霸：你想抵挡?

学渣：谁又会不想?

学霸：那倒也不是幻想。

学渣：能抵挡?

学霸：毒既然无孔不入，那如果心中“无孔”，它自然也就无法“入”。

学渣：如何“无孔”?

学霸：欲让心中无孔，需先明白孔因何而生。

学渣：愿闻其详。

学霸：孔，实为裂痕。

学渣：心中哪来的裂痕?

学霸：平衡破后，才会有裂痕。

学渣：这平衡又从何说起?

学霸：时间燃料、方向、速度值三者相互依存，少了任意一个，车便到不了终点。而如果车到不了终点，其他两者再出色，也没有任何意义。

学渣：那这三者，谁相对更重要?

学霸：既然相互依存，再去相互比较就显得毫无意义了。

学渣：这就是你说的“平衡”?

学霸：是。

学渣：它如何会破?

学霸：那得从三者的一个区别说起。

学渣：说来听听。

学霸：不管是方向，还是速度值，均为抽象的东西，难以被精确测量。

学渣：嗯，这倒不假。

学霸：但时间燃料不同，它精确、具体、容易测量。墙上的钟表，腕上的手表，手机里的电子表，时间概念到处都是，测量工具唾手可得。

学渣：嗯，这也不假。

学霸：况且时间燃料的头上，还顶着“神奇”的光环。

学渣：你想说什么？

学霸：我想说的是，这样一个“神奇”而又“具体”的东西，相较与其他两者，总是更容易引起人的注意。

学渣：然后呢？

学霸：然后，更多的注意，也总是容易换来更多的重视。

学渣：更多重视？你是说，时间燃料的地位被提高了？

学霸：是。

学渣：其他两者呢？有没有被相应提高？

学霸：没有。

学渣：如此说来，三者地位之间，有差距了。

学霸：有了。

学渣：差距会有多大？

学霸：一开始没多大。

学渣：为什么说“一开始”？

学霸：因为开始以后，差距不断在扩大。

学渣：为何如此？

学霸：因为人。

学渣：人怎么了？

学霸：地位越高，人越重视，而人越重视，地位只会越高。

学渣：高的越来越高，低的越来越低？

学霸：正是。

学渣：那问题就严重了。

学霸：真正严重的地方在于，它会变得越来越严重。

学渣：会有多严重？

学霸：关于有多严重，咱们可以谈谈桌子。

学渣：什么桌子？谈桌子干吗？

学霸：三脚桌。

学渣：谈它的什么？

学霸：谈它的三只脚。

学渣：桌脚又如何？

学霸：一个桌脚在不断增高，另外两个则在不断降低。

学渣：那桌子离倒地不远了。

学霸：时间燃料、速度值和方向，正是那三个桌脚，而它们之间的平衡体系，就是那桌面。

学渣：那平衡也要倒了。

学霸：倒之后，便被摔破了。

学渣：破了？于是，裂痕出现了？

学霸：出现了。

学渣：听起来，神奇而又具体的时间燃料，却正因为它的神奇和具体，让平衡出现了裂痕。

学霸：也不能全怪它。

学渣：也对，这里面还有人的“功劳”。

学霸：时间燃料的特性，让平衡变得脆弱。而人性，则直接冲击了那种脆弱。

学渣：这倒有趣。

学霸：趣从何来？

学渣：让脆弱平衡的，是平衡内的要素之一；让人心生孔的，也恰是人本身。说来道去，出现的问题，原来都是自己的问题。

学霸：其实世上大多问题，皆源于自己，只是我不知道，这算有趣，还是悲哀。

第八节　一杯水

学渣：心中生孔的过程，我已了解。

学霸：那就好。

学渣：有多好？

学霸：了解了发生的过程，才有可能阻止过程的发生。

学渣：但在那过程里，内有平衡的不稳定，外有人性的冲击，如此内外交困之下，想阻止又谈何容易！

学霸：别急，慢慢来，咱们先谈谈那个平衡吧。

学渣：按你所讲，平衡的先天性脆弱，源自时间燃料的“具体”和“神奇”。

学霸：事实上，不管是“具体”，还是“神奇”，本身都不是问题，它们只是容易带来问题。

学渣：既然能带来，那能不能带走？

学霸：如果时间不再神奇，不再具体，那问题自然会走。

学渣：但时间本就那么具体、那么神奇，不是人想改变就能改变的。

学霸：如果另外两者可以像时间一样具体、一样神奇，那问题也就不再是问题。

学渣：但另外两者本就无法那么具体、那么神奇，也不是人想改变就能改变的。

学霸：既如此，我也只能说，平衡本就那么脆弱，同样不是人想改变就能改变的。

学渣：这般固执和绝对，似乎就没什么好谈的了。

学霸：那就再谈谈人，看看人都做了些什么吧。

学渣：按你所讲，人因为时间的具体和神奇，对其展现出了远高于其他两者的态度，然后才导致了平衡的坍塌。

学霸：那确实是催生事故的最直接的外部冲击力。

学渣：如果没有那股冲击力呢？

学霸：平衡自会一直平衡下去，即使它无比脆弱。

学渣：如此说来，让冲击力消失，倒是个办法。

学霸：我也觉得是个办法。

学渣：那就得让人主动去改变态度了。

学霸：但人的态度，只是认识的外在表现而已。

学渣：你的意思是，咱们还得谈谈“认识”？

学霸：若态度是产生冲击力的炸弹，那认识便是炸弹上的导火线。

学渣：那要是阻止了导火线，是不是也算阻止了炸弹？

学霸：那可能是阻止炸弹最常用的办法。

学渣：既然这么说，咱们真得好好谈谈“认识”了。

学霸：有这个必要。

学渣：到底什么样的认识，导致了那样具有冲击力的态度？

学霸：倒也并非什么光怪陆离的认识，不过是认识到了时间燃料的神奇。

学渣：这也有错？时间燃料不就是那么神奇吗？

学霸：事实上，这世上还有很多人完全忽视了它的神奇。

学渣：那我就更不知道错在哪里了。

学霸：与其说是“错”，不如说是“过”。

学渣：什么“过”？

学霸：“过度”的“过”。

学渣：又过度了？

学霸：人的认识就是这样，常常不是“不足”，就是“过度”。

学渣：为何就不能“刚刚好”呢？

学霸：其实“过度”，原本可能是为了弥补“不足”；“不足”，也原本可能是为了削弱“过度”。

学渣：你是说，都矫枉过正了？

学霸：没办法，谁让火候这东西，堪称这世上最难把握的东西之一。

学渣：但也总归是这世上之人，不得不去把握的东西啊。

学霸：这也没办法，谁让火候这东西，同时也是这世上最任性的东西之一，往往差之毫厘之间，已足以谬的千里之外。

学渣：那对于时间燃料毫厘不差的认识，到底该是什么样？

学霸：神奇而具体的时间燃料，是重要的。

学渣：不重要，也担当不起那“神奇”二字。

学霸：但再神奇再重要，也只是为了让车向前进。

学渣：既身为燃料，那去燃烧自我创造动力，自然就是它唯一的宿命。

学霸：那向前进呢？

学渣：向前进怎么了?

学霸：向前进又为了什么?

学渣：前方自有终点，身为应试者，自然为了那个明确而唯一的目标。

学霸：所以，还是为了终点，为了目标。

学渣：一切为了终点，为了目标。

学霸：但若车辆脱离了目标，时间燃料的神奇又有何用?

学渣：不但无用，可能还有害，因为目标也许越来越远了。

学霸：如此，与目标相比，重要的时间燃料又变得完全不重要了。

学渣：有意思，你到底想说它重要，还是不重要?

学霸：我真正想说的是，它是重要的工具。

学渣：只是工具?

学霸：它本来就只是个工具，但也是个无可替代的工具，没有它，一切车辆都寸步难行，一切目标都遥不可及。

学渣：但既为工具，也便只能是工具了。

学霸：可惜有很多人在认识到“重要”二字后，渐渐忽略了“工具”二字。

学渣：然后呢?

学霸：然后，在认识里，“工具”越俎代庖成了“目标”。

学渣：再然后呢?

学霸：再然后，态度那颗炸弹爆炸了，平衡坍塌了。

学渣：就因为在认识里缺了短短二字?

学霸：二字之差，时间燃料也就变成了时间毒药。

学渣：那要想彻底改变那认识怎么办?

学霸：将缺的两个字补回到认识中即可。

学渣：补的真不多。

学霸：确实不多，如果将那两个字比作水，其量也许只够充满一只小小的酒杯。

学渣：然后用一酒杯水去阻止炸弹？

学霸：杯虽小，但不必直面炸弹，只需将水浇到导火线上。

学渣：哦，如此倒也够了。

学霸：水来，火灭。炸弹还是炸弹，但没了冲击，脆弱依旧脆弱，但始终平衡。

第七章 应试武器

第一节　第一种武器

学渣：看，这都是我买的书。

学霸：不少。

学渣：何止不少，摞起来都到屋顶了。

学霸：都是些什么书？

学渣：都是用来提升分数的书。

学霸：书里有什么？

学渣：题和题的详细答案。

学霸：书已不少，题更多。

学渣：是啊，多得像大海。

学霸：花了不少钱吧？

学渣：很多钱。

学霸：真舍得花钱。

学渣：准确地讲，是我父母舍得花钱。

学霸：情理之中，他们堪称应试者背后最坚定的支持者。

学渣：所有书中，最贵的在这里。

学霸：这个箱子里？

学渣：是。

学霸：一箱子书？

学渣：是。

学霸：贵在什么地方？

学渣：这箱子书中，包含了世上所有的题型，而且绝无重复。

学霸：如此说来，拥有了这箱子书，便无须再买其他书？

学渣：原本是这样。

学霸：你用了“原本”这个词。

学渣：是。

学霸：这个词一出，往往代表着——现实并非如此。

学渣：是。

学霸：那现实是？

学渣：现实是，这箱子书中的题，虽无重复，但依然太多了。

学霸：应试世界里，试题本就千变万化。

学渣：如果只是多，也就罢了，多花些时间和精力便可。

学霸：听你的意思，不止是多？

学渣：除了“多”，还有“难”。

学霸：有多难？

学渣：难到无法理解。

学霸：这无法理解的“难”，多吗？

学渣：也多。

学霸：如此，就需要更多的时间和精力了。

学渣：恐怕需要的时间和精力，已多得超越了我可以承受的极限。

学霸：这倒是个问题。

学渣：为解决这个问题，我买了那个。

学霸：那个大盒子？

学渣：是。

学霸：里面是……？

学渣：还是书。

学霸：书里是……？

学渣：还是题。

学霸：我记得你刚才说过，那个大箱子里已包含世上所有的题型。

学渣：没错。

学霸：那你还要这大盒子里的书做什么？

学渣：盒子里的书，很特别。

学霸：哦？说来听听。

学渣：那些书中，收录的是世上最经典、在试卷中出现频率最高的题型，弄懂了它们，你也许得不到所有的分数，但绝对可以得到大部分的分数。

学霸：其实在应试世界里，得到大部分的分数，已足够换来理想的结果。

学渣：我也是这么想的。如果大箱子里的书称为"全"，那这个盒子里的书，就可被称为"精"。

学霸：应该也不便宜吧？

学渣：比那箱子书的还要贵。

学霸：可以理解。毕竟弄懂一盒子书，要比弄懂一箱子，省出很多时间和精力。

学渣：这也正是它最吸引我的地方。

学霸："全"过于消耗精力和时间的缺陷，恰可被"精"完美地弥补。

学渣：这也正是我买下它的理由。

学霸：都是好东西啊。

学渣：好得堪称神兵利器。

学霸：那拥有两大利器的你，想获得理想分数，应该已是易如反掌。

学渣：原本是这样。

学霸：你又用“原本”这个词了。

学渣：因为“现实”，总不像“原本”那样美好。

学霸：现实又出什么问题了？

学渣：盒子里的书，已比箱子里少了很多，但书中让我难以理解的部分，却没少多少。

学霸：还需要付出大量的精力和时间？

学渣：问题是，称得上难以理解的“难”，不是付出精力和时间就能化解的。

学霸：明白了。

学渣：你明白什么了？

学霸：两件利器虽好，但你却好像哪个都无法驾驭。

学渣：不是好像，而是事实。

学霸：如无法驾驭，利器恐怕也就没用了。

学渣：没用得只剩一堆堆废品。

学霸：如此，倒让我想起一些事情。

学渣：什么事？

学霸：小时候，我住在农村，那里有个山沟，山沟里有条小河。

学渣：怎么突然想起这个？

学霸：小河下游，溪水汇聚成一个泊湖，夏日里，小孩大人常在那玩水嬉戏。

学渣：真搞不懂你在说什么。

学霸：后来，湖水突然明显减少，村民觉得是因河道里淤积了大量的枯树枝叶以及山石泥土，导致河水流淌不畅，最终造成了湖水无法汇集。于是，他们自发地对河道进行了一次全面的清理工作。

学渣：清理以后，如何？

学霸：河水依然流淌不畅，湖泊还在萎缩。

学渣：这是何故？

学霸：村民为探究竟，逆流而上，直到看见河流的源头，一切疑问才烟消云散。

学渣：他们看到了什么？

学霸：源头已处于枯竭的状态。

学渣：哦，如此倒也正解释了所有的疑问。

学霸：是啊，源头已无水，清理河道又有何用！

学渣：确实无用。但这个关于“无用”的故事，与我何干？

学霸：那什么与你相干？

学渣：分数。

学霸：那就对了。

学渣：什么对了？

学霸：分数，其实也是一泊湖水。

学渣：这么说的话，我很需要水。

学霸：你得不到理想分数，便正如我家乡那湖水一般，水量不足。

学渣：正因为水量不足，我才买了这一屋子的书。

学霸：那些书，也只不过是清理河道的工具而已。

学渣：你是说，我一直在清理河道？

学霸：鉴于你拥有神兵利器一般的书，所以，你应该有能力把河道清理得干干净净。

学渣：但水却没有来。

学霸：因为你跟那些村民们遇到了一样的困惑。

学渣：你是说，源头的问题？

学霸：恐怕是。

学渣：你是说，我也该去源头一探究竟？

学霸：恐怕该。

学渣：那分数的源头在哪？又或者说，是什么？

学霸：像村民们那么做——逆流而上，便可达到。

学渣：从何处逆，又逆向何处？

学霸：你想得到的是分数，自然从它这里往上逆。

学渣：如何逆？

学霸：只需看分数从何而来。

学渣：做对试题，才能得分。

学霸：试题又从何处生？

学渣：生自考点。

学霸：那考点，又要从何处寻？

学渣：考点？应该在课本上吧。

学霸：好，逆到这里，已经到达。

学渣：课本？

学霸：正是课本。

学渣：那是源头？

学霸：应试里的一切，皆源自课本，应试者所做的一切，皆始于课本，如此，你说，那不是源头又能是什么？

学渣：源头冒出的水，少了？

学霸：少得已不足以维系下游的湖水。

学渣：不会吧，所有的课本我都有，一本也没少。

学霸：你说的“有”，是书包里有，书桌上有。

学渣：那你说的“有”，又是什么？

学霸：心中有。

学渣：心中，如何才会有？

学霸：倒也简单，弄懂它即可。

学渣：你在开玩笑吧？我会不懂课本？

学霸：你懂？

学渣：早就懂。

学霸：早不早，无关紧要。

学渣：那什么有关紧要？

学霸：彻底不彻底，有关紧要。

学渣：到什么程度才算彻底？

学霸：每句话，每道题，每幅图，从上到下从头到尾，皆明明白白、清清楚楚。

学渣：需如此？

学霸：你能达到如此？

学渣：这个嘛，我得每句话每道题每幅画从上到下从头到尾看一遍后，才能回答你。

学霸：不必了，其实答案早已出来。

学渣：哦？

学霸：你的源头有问题，已经揭示了答案。

学渣：源头有问题，一定是懂得不彻底？

学霸：源头，本来只会有一种问题。

学渣：什么问题？

学霸：地下水源充不充足的问题。

学渣：那地下水源到底是什么？

学霸：课本上的每句话每道题每幅画从上到下从头到尾，皆为地下水源。

学渣：若是这样，似乎真的就只能得到那个结论了——连课本都没懂彻底。

学霸：听起来，你有些惊奇。

学渣：拥有一屋子各种各样应试书籍的我，却可能连最寻常的课本都没懂彻底，如此结论，还不够让我惊奇？

学霸：也不必太惊奇。正因为寻常，才总被人忽略。

学渣：忽略？这倒不假，忽略得我都忘记那些课本在哪儿了。

学霸：但忽略了“寻常”，却可能导致很不寻常的问题。

学渣：那这被忽略的“寻常”，就很不寻常了。

学霸：寻常之物就是寻常之物，但寻常之物却也可能是不可或缺之物。

学渣：“不可或缺”这个词，实在令人难堪。

学霸：难堪从何而来？

学渣：我整日追寻各种应试书籍，其实正是为了搞清楚自己究竟缺了什么。

学霸：但你没想到，自己真正缺的，却是自己最早拥有的那种书。

学渣：何止最早拥有，恐怕也是最容易拥有的那种书。

学霸：我喜欢“容易”这个词。

学渣：我不喜欢。越容易，越让苦苦寻书的我感到难堪。

学霸：不，不，不，你更应该喜欢它。

学渣：此话怎讲？

学霸：你缺少的东西不是天上的星星，不是地心里的岩浆，而仅仅是非常容易就可得到的课本，这难道还不是一件令人喜欢的事情？

学渣：如此说，倒也合情合理。

学霸：偷着乐吧。

学渣：乐不起来。

学霸：为何？

学渣：看我这一屋子的书。

学霸：看到了，都堪称利器，挺好。

学渣：好吗？

学霸：不好吗？

学渣：付出了利器的价格，却毫无用处，你让我如何觉得好。

学霸：怎么会毫无用处？

学渣：你也说了，它们只是清理河道的工具，无法影响源头。

学霸：它们在清理河道这件事情上，非常有用处。

学渣：但我的问题不是在源头吗？

学霸：源头问题解决了以后呢？

学渣：以后？

学霸：源头的水冒出来后，你能保证它一定会乖乖流到下游的湖泊里？

学渣：你的意思是，还得去清理河道？

学霸：源头问题是“水”，河道问题是“流”，如只顾“水”而不顾“流”，何以汇成“水流”？

学渣：看来它们还不是没用的废品。

学霸：废品和利器之间，其实就差了课本。

学渣：它让废品重新变回了利器？

学霸：它擅长于此。

学渣：如此，它可真是应试里名副其实的利器。

学霸：它又何止是应试里名副其实的利器。

学渣：在其他地方也有用？

学霸：在任何地方都是利器。

学渣：但我想不到还有什么地方会用到课本。

学霸：你觉得我说的是课本？

学渣：你好像一直说的就是课本。

学霸：那件利器，在应试里，确实叫课本。

学渣：听你的意思，它在其他领域，还有其他的名字？

学霸：领域不同，名字不尽相同。

学渣：它就没有本名？

学霸：有。

学渣：叫什么？

学霸：叫基础。

学渣：原来是这么寻常的名字。

学霸：寻常得毫不起眼，但又重要得如同河流的本源。

学渣：这名字经常能听到，也经常能看到。

学霸：可惜很多经常听到它看到它名字的人，却从没真正问过自己，叫那个名字的那个东西，自己真的有吗。

学渣：他们难道也像我一样，都忙着找利器去了？

学霸：结果也都像你一样，让原本拥有的利器闲置成了废物。

学渣：决定利器们是利器还是废品的关键，不是它们自己，却是这个叫基础的东西。

学霸：所以这个叫基础的东西，不但是一件利器，而且还是一件能让其他利器真正成为利器的利器，在任何领域都如此。

第二节　第二种武器

学渣：这是我家里的书桌。

学霸：看着挺大的。

学渣：这个，则是我常坐的椅子。

学霸：看着挺舒服的。

学渣：不止看着舒服，坐起来更舒服。

学霸：能有这样的环境，很好。

学渣：可惜在这样舒适的环境里，我要做的却是应试这件事。

学霸：你不喜欢应试？

学渣：你喜欢？

学霸：说实话，很少有人喜欢那件事。

学渣：所以我常想，做着不喜欢做的事情时，周围环境再舒服又如何？

学霸：或许你可以试着反过来想想。

学渣：怎么想？

学霸：做着不喜欢做的事情时，周围环境一点也不舒服又会怎样。

学渣：那确实是雪上加霜。

学霸：所以若雪上没有霜，也算是一种幸运。

学渣：但再舒服，也没让我觉得那是一个好地方。

学霸：深有同感。

学渣：原来你也这么想。

学霸：其实很少有人不这么想。

学渣：每当坐在那，总有一种坐不住的感觉。

学霸：那是因为坐在那要做的事情，是几乎所有人都不喜欢做的事情，而“不喜欢”这三个字，天生散发着强大的排斥力。

学渣：难怪我坐不住，原来是被排出去了。

学霸：可不只是被排出去的。

学渣：还有什么？

学霸：还有吸引力。

学渣：哪来的吸引力？

学霸："不喜欢"能散发排斥力，"喜欢"也当然能散发吸引力。

学渣：喜欢的事情？

学霸：没有吗？

学渣：怎么可能没有！多得很！

学霸：应该没在书桌上吧？

学渣：怎么可能会在！远得很！

学霸：如此，书桌之外讨你喜欢的事情，也无时无刻不在吸引着你离开椅子。

学渣：一排一吸？

学霸：双力同向，形成合力。

学渣：难怪我不但坐不住，而且几乎片刻都坐不住。

学霸：事实上，当"喜欢"就在眼前时，人们还会越发地不喜欢身边的"不喜欢"。

学渣：你是说，排斥力会越来越大？

学霸：而当"不喜欢"就在身边时，人们同样也还会越发喜欢可以触及的"喜欢"。

学渣：你是说，吸引力也会越来越大？

学霸：一吸一排的双力，在同向发力的同时，也在这般相互强化着。

学渣：难怪我不但片刻都坐不住，而且连靠近都不想靠近。

学霸：幸好我有屁股。

学渣：这玩意几乎人人都有。

学霸：我的屁股，可不是一般的屁股。

学渣：不一般的屁股又是什么样的屁股？

学霸：倒也没别的，就是很重而已。

学渣：很重？屁股重不重，有何妨？

学霸：当屁股重到一定程度时，任何外力就都拿它没办法了。

学渣：难道，因不喜欢而产生的排斥力，排不动你？

学霸：因喜欢而产生的吸引力，同样也拉不动我。

学渣：原来如此。

学霸：它就这般自如地以一敌二。

学渣：然后你就在书桌前的椅子上坐住了？

学霸：坐得稳如泰山。

学渣：能如此，倒真不错。

学霸：能如此，让我把它奉为了利器。

学渣：我记得你说过，课本是利器。

学霸：那只是其中之一。

学渣：原来不止一个。

学霸：好几个。

学渣：屁股也算？

学霸：它是唯一一个长在应试者身上的。

学渣：若说长在身上的，我首先会想到脑袋。

学霸：为什么那么想？

学渣：因为应试，毕竟是一项与脑袋有关的事情。

学霸：那看电影的时候，你的脑袋应该还在自己脖子上吧？

学渣：肯定在。

学霸：那当时在你的脑袋会思考与应试有关的事情？

学渣：肯定不会。

学霸：那应试就不只是与脑袋有关的事情。

学渣：坐在电影院里，干吗还要去想应试？

学霸：那坐在哪里，你才会去想应试？

学渣：绝大多数情况下，就是坐在书桌前的椅子上。

学霸：瞧，这就是屁股的作用。

学渣：你的意思是，屁股的位置，决定了脑袋里的活动？

学霸：决定？不，不，它可决定不了，因为应试者即使坐在书桌前的椅子上，也不能确保脑袋里一定在想应试。

学渣：这是实话。

学霸：有些时候甚至是很多时候，可能完全没有在想应试。

学渣：这也是实话。

学霸：但话有时候也得反着说。

学渣：怎么说？

学霸：当应试者的屁股，没在书桌前的椅子上时，你觉得他们脑袋里想着应试的可能性又有多大？

学渣：恐怕，小得可以忽略不计了。

学霸：所以很多时候，屁股的位置虽然无法直接决定脑袋里的活动，但也在很大程度上影响着脑袋。

学渣：如此看来，还得让屁股在书桌前的椅子上多待会儿。

学霸：那个地方，确实是让“脑袋里想着应试”这件事最有可能发生的地方。

学渣：既为应试者，自然要想方设法让那件事发生。

学霸：也只有先让其发生，然后才有可能有所结果。

学渣：会有什么结果？

学霸：那可能在很大程度上，就得看脑袋的使用状况了。

学渣：你终于还是提到了脑袋。

学霸：应试虽不只与脑袋有关，但也确实与脑袋密切相关。

学渣：我还以为有了屁股的坐镇，你也就用不着脑袋了。

学霸：有了屁股的坐镇，那件事才有可能发生，也只有那件事在脑袋里发生了，脑袋的作用才有可能在那件事里得以发挥。

学渣：你说了好几个“可能”了。

学霸：听烦了？

学渣：相比于“可能”，我更喜欢听到“一定”。

学霸：我正要说。

学渣：请说。

学霸：若想让那些“可能”一一实现，就“一定”得先让屁股待在那个地方。

学渣：一切的一切，只会在屁股跟椅子接触后才会开始？

学霸：一切的一切，也只会在屁股跟椅子接触着时，才会持续进行。

学渣：听起来，屁股成了应试这件事的触发器。

学霸：屁股同时也是应试这件事的推进器。

学渣：原来我一旦坐不住，要损失这么重要的两样东西。

学霸：话虽如此，但从你嘴里说出来，听着挺悲观的。

学渣：话既如此，从谁嘴里说出来，又有什么区别？

学霸：也许换个说法，会好一些。

学渣：怎么换？

学霸：一旦坐住了，你也就能得到那两样重要的东西了。

学渣：反着一说，听着倒也确实乐观了些。

学霸：乐观一些，大多时候是没有坏处的。

学渣：但无法实现的单纯乐观，似乎也没什么实质性的好处。

学霸：无法实现？

学渣：我的意思是，我可没有不动如山的屁股。

学霸：有些人，其实也并不需要那么重的屁股。

学渣：那他们需要什么?

学霸：或许，是两条不肯停歇的腿。

学渣：我实在想不出，应试跟腿有什么关系。

学霸：跑跳运动员跟腿有密切的关系。

学渣：怎么还扯到跑跳运动员身上了?

学霸：又或许，是一双不知厌倦的手。

学渣：我又实在想不出，跑跳运动员跟手又有什么关系。

学霸：钢琴家跟手有密切的关系。

学渣：怎么又扯到钢琴家身上了? 这都什么乱七八糟的!

学霸：不同的人，需要的东西不同罢了。

学渣：我以为我们只是在聊应试者。

学霸：聊谁都一样。

学渣：怎么又一样了?

学霸：因为他们需要的那些看似不一样的东西，其实又都是一样的东西。

学渣：屁股、腿、手之间，有哪怕一点点的相似?

学霸：你以为沉重的屁股，为何那么重?

学渣：我正想问你到底吃了什么东西，才让那个部位那么重。

学霸：什么也没吃，吃什么也没用。

学渣：那又是……?

学霸：那只是心中的坚忍。

学渣：只是在忍?

学霸：只是在忍。

学渣：忍着去做不喜欢的事情?

学霸：也在忍着暂时不去做喜欢的事情。

学渣：原来所谓的不动如山的屁股，是这样子的。

学霸：所谓的不肯停歇的双腿、不知厌倦的双手，其实也都是这样子的。

学渣：说了半天屁股的重量，看来你根本不是在说什么屁股。

学霸：屁股上的肉能有多重。

学渣：说了半天宝物，看来屁股也根本不是你想说的宝物。

学霸：屁股能有多特别，手和腿又能有多超凡脱俗。

学渣：我还以为真是些与众不同的神奇部位呢。

学霸：事实上，世间大多与众不同的神奇，只因背后那与众不同的坚忍。

学渣：你的意思是，应试者的差别，最终归于忍的差别？

学霸：事实上，世间大多差别，最终都可归于忍的差别。

学渣：一个"忍"字，这般关键？

学霸：世间之事，有多难受，就会有多关键。

学渣：要一边忍着"喜欢"，一边忍着"不喜欢"，倒也确实很难受。

学霸："忍"字心上插刀，单论长相，都是一副难受的样子。

学渣：可这"难受"和"关键"，又是谁给画等号的？

学霸：所有的难受，都是一种代价。想得到什么，就得付出相应的代价，这种交换原则，自始至终一直存在于天地之间。

学渣：如此说来，是老天爷给画的等号。

学霸：老天爷也希望所有人都能明白这个等号。

学渣：这，难道才是你真正想说的？

学霸：这，确实才是藏在那些看似神奇的部位后面的、真正的利器。

第三节 第三种武器

学渣：为何我总是有杂念？

学霸：有多杂？

学渣：什么都想做，什么都能吸引我。

学霸：诱惑太多？

学渣：每个诱惑都像一条绳子，无时无刻不在牵动我的心。

学霸：爱好广泛而已。

学渣：问题是，绳子们扰我心神，让我静不下心去学习。

学霸：总牵着你的心去往他处？

学渣：就是没往应试之处。

学霸：你这是在怨绳子吗？

学渣：我不该为此而怨绳子吗？

学霸：那它们可真有点儿冤枉了。

学渣：何冤之有？

学霸：你明明是少了绳子，却去怨其他绳子。

学渣：都牵扯得我心神不宁了，还少？

学霸：至少，肯定少了一条。

学渣：哪一条？

学霸：牵着你的心，往应试方向而去的那条。

学渣：那条我还真没有。

学霸：确实是那条，而且身为一个应试者，还真得有。

学渣：我说的可是关于诱惑的绳子。

学霸：我知道，因为也只有诱惑，才能激发真正的拉力。

学渣：可应试对我而言，真的毫无诱惑。

学霸：应试对几乎所有人而言，都没什么诱惑。

学渣：那在应试的方向上，还能有什么牵引力？

学霸：应试虽无诱惑，但应试之后呢？

学渣：之后？

学霸：对于绝大多数应试者来说，之所以选择应试，绝不是为了应试本身。

学渣：应试背后，是那张迷人的文凭。

学霸：迷人的，可并不是文凭本身，它只是一张纸而已。

学渣：这个自然。真正迷人的，是它可能会带来的一些东西。

学霸：那些东西，你可想要？

学渣：我当然想要。

学霸：想要，不正所谓诱惑吗？

学渣：你是说，那也会是绳子？

学霸：那为何不会是绳子？

学渣：就算是绳子，我也很怀疑它能否抗衡其他的绳子。

学霸：当足够想要时，其他任何方向上的任何绳子，都不足畏惧。

学渣：敢说出这种话，我估计你没真正体会过其他种种诱惑产生的强大拉力。

学霸：不敢相信这种话，我估计你也没真正体会过应试方向上产生的更强大的拉力。

学渣：这个，我还真没体会过。

学霸：这个，我倒真的体会过。

学渣：你在说你自己的渴望？

学霸：我所能体会的，当然只会是我自己的渴望。

学渣：它有多强？

学霸：它产生的凶猛拉力，完胜了其他任何方向上的绳子。

学渣：完胜的意思是……？

学霸：任何与它不是一股劲的绳子，都被无情地扯断了。

学渣：断了？那可都是些无处不在、随时随地都能牵扯人心的诱惑啊！

学霸：那些诱惑确实难对付。

学渣：我说嘛，直达人心的吸引，哪有好对付的。

学霸：即使它们被扯断了，也总能自行接上。

学渣：我说嘛，来自人心的欲望，哪有那么好断的。

学霸：这倒也不是什么大问题。

学渣：有其他办法？

学霸：继续用老办法。

学渣：什么意思？

学霸：它能再接上，那就再扯断。

学渣：可人心在，欲望会善罢甘休？

学霸：它只会不停地自行愈合。

学渣：我想也是这样。

学霸：随便它哪样。

学渣：这是什么话？

学霸：那条绳子，自始至终只往应试的方向拉扯，管它其他方向有多少绳子，有多少扯断多少；管它接上了几次，接上几次就再扯断几次。

学渣：就这样往前进？

学霸：一直是这样摧枯拉朽地在往前进。

学渣：怎会如此生猛？

学霸：力量到了，自会如此生猛。

学渣：哪来这么大的力量？

学霸：比那些诱惑的诱惑更大，自会带来这么大的力量。

学渣：你是在说文凭带来的那些东西吗？

学霸：说的正是文凭带来的那些东西。

学渣：那些东西何时有了那么大的诱惑？

学霸：诱惑之大，让我把其他任何诱惑都当成了一种阻碍。

学渣：越听我越好奇，你到底想从文凭里得到什么？

学霸：我从文凭里得到了很多，但要说最初想得到的，是一个听起来有些不可思议但又无比单纯的东西。

学渣：说来听听。

学霸：我若得到文凭，我的父母会高兴。

学渣：任何人得到文凭，其父母都会高兴。

学霸：我就是想要他们高兴。

学渣：你是说，这就是那个东西？

学霸：这就是那个东西。

学渣：单单为了父母高兴，便扯断了无数扰人心魄的诱惑？

学霸：只因父母的高兴，对我来说就是那个更大的诱惑。

学渣：如此，还真是个无比单纯的东西啊！

学霸：单纯也好，复杂也罢，其实并不重要。

学渣：那什么才重要？

学霸：在文凭的背后，必须得有这么一个真正的无比诱惑你的东西，这才是最重要的。

学渣：“有”的限定是……？

学霸：渺小的，伟大的，长远的，眼前的，毫无任何限定。

学渣：只要有？

学霸：只要有。

学渣：都能生出那摧枯拉朽般的拉力？

学霸：你要知道，拉力的大小，从不取决于我们想要什么，而只取决于我们有多想要。

学渣：你这话是不是在暗示，我的“想要”根本不够？

学霸：有那么多绳子成功扰乱了你，毫无疑问地，必然只因为文凭里根本没有你无比想要的东西。

学渣：或许吧。

学霸：你自己也感觉到了？

学渣：我只是越来越觉得，自己在被迫应试。

学霸：为谁所迫？为什么所迫？

学渣：被一些人，被一些情况。

学霸：想听听我对“被迫”的理解吗？

学渣：请讲。

学霸：世上根本没有无缘无故的迫，也没有无缘无故的被迫。

学渣：施迫者，心中自然有所想。

学霸：被迫者，之所以甘愿被迫，其实也都是为了心中所想。

学渣：但有些被迫者，也许只是不想让不好的事情，在自己身上发生而已。

学霸：不想某件事发生，就是想避免，这难道不是一种“心中所想”？

学渣：这倒也是。

学霸：这本就是。

学渣：你的意思是……？

学霸：我的意思是，在这个世界上，不管是你想促成的，还是你想避免的，只要你在做，就一定是因为心中有所想。

学渣：于是，一切事，皆源自“想要”？

学霸：一切事，之所以能完成，也只因“足够想要”。

学渣：听起来，始作俑者是它，终结者同样是它。

学霸：都是那条绳子拉扯出来的。

学渣：越说，它显得越重要了。

学霸：若不重要，何以为利器？

学渣：它也是应试利器之一？

学霸：它甚至是第一应试利器。

学渣：如此说来，我竟然少了第一重要的东西。

学霸：所以我觉得，你还是去找找吧。

学渣：找到想要的东西？

学霸：找到足够想要的东西。

学渣：也许，应试里面根本没有。

学霸：你最好再去仔细找找。

学渣：若真的找不到呢？

学霸：若真没有那条最应该有的绳子，路就很难走了。

学渣：事实上，再加上那些最不该有的绳子们的牵扯，我实已寸步难行。

学霸：既寸步难行，你可还在行？

学渣：虽寸步难行，却还得继续行。

学霸：那是一种什么感觉？

学渣：难受。

学霸：怎样的难受？

学渣：在家里难受，在学校也难受，老师的无奈让我难受，家长的失望更让我难受。

学霸：当这种难受持续地积累，终将波及其他的绳子。

学渣：其他绳子又怎么了？

学霸：曾经觉得诱惑的东西，由于难受挥之不去，也渐渐失去了诱惑。

学渣：你是说，其他的绳子自行断了？

学霸：挣扎在应试中的应试者们，最终彻底没了绳子的牵绊。

学渣：那将是什么感觉？

学霸：那将不再有什么感觉。

学渣：难道对一切失去了兴趣？

学霸：每天只是待在应该待在的地方，消磨应该消磨的时光。

学渣：听起来死气沉沉的。

学霸：从应试的层面来看，也确实不能算“生”了。

学渣：不“生”，难道已“死”？

学霸：也不能算“死”。

学渣：那还能算什么？

学霸：生不生，死不死，当然只能算僵尸。

学渣：僵尸？电影里那种？

学霸：电影里那种。

学渣：没有灵魂、被称为活死人的那种？

学霸：没有灵魂、被称为活死人的那种。

学渣：只少了一条绳子，怎么听着却像丢了魂。

学霸：让一切事开始、又左右一切事物进程的那条关于“想要”的绳子，恰恰正是一切事物的魂。

第四节 终极利器

学渣：当想要的文凭终于到手时，是什么感觉？

学霸：那已是十年前的事情了。

学渣：记不清了？

学霸：依然历历在目。

学渣：说来听听。

学霸：多年追求如愿以偿的满足感。

学渣：真好！

学霸：那一刻，确实很好。

学渣：好，绝非只在那一刻吧？

学霸：怎么说呢，那一刻之后的一段时间里，还真的越来越不好了。

学渣：哦？发生了什么？

学霸：得到文凭后，我离开了校园，走进了社会。

学渣：所学，即将所用了。

学霸：不好的感觉，恰恰来自所用。

学渣：怎么？难道你无法将所学很好地运用？

学霸：我只是越来越觉得，所学的似乎大多都没什么用。

学渣：也许，有些所学的唯一用途，只是为了那个文凭。

学霸：也许，“有些”二字，可以换成“大多数”这三个字。

学渣：有这么多？

学霸：真的不少。

学渣：一点用没有？

学霸：除了追寻文凭时。

学渣：文凭有用，那些所学就不能说没用。

学霸：你的意思是，那些所学，就只为文凭？

学渣：不可以吗？

学霸：不清楚。

学渣：那文凭的用处你可清楚？

学霸：若说它，倒真的很有用。

学渣：起码它证明了你的能力。

学霸：它？能吗？

学渣：听起来，你似乎不认同文凭和能力之间的等号。

学霸：我没资格认同，也没资格不认同。

学渣：这话什么意思？

学霸：意思是，我也根本不清楚两者之间到底是什么关系。

学渣：十年了都没搞清楚？

学霸：十年前，我以为是相等的，可十年间，我却越来越怀疑曾经的“以为”。

学渣：难道你认为，有更好的证明能力的凭证？

学霸：我不清楚有没有。

学渣：你一直在说不清楚。

学霸：因为你问的，我真的不清楚。

学渣：那关于文凭，你可还有清楚的？

学霸：还真有。

学渣：说来听听。

学霸：它也许不是最好的凭证，但绝对是最简单、最直接、最明了的凭证。

学渣：相比于其他，一张纸自然更简单、更直接、更明了。

学霸：而在这个飞速运转的世界里，人们永远都是更倾向于接受更简单、更直接、更明了的东西。

学渣：是倾向，还是被迫？

学霸：倾向也好，被迫也罢，反正人们也就简单、直接、明了地在大多数机会面前，设立了一道与文凭有关的门。

学渣：那就怪不得文凭，常常被人称为通行证了。

学霸：通过之人，才能拿到门后面的机会，而有了机会，才能尽情地展示能力。

学渣：那没有通行证之人，只有在门外干瞪眼了。

学霸：所以在那段时间里，我越来越觉得文凭很有用，因为它即使无法证明能力，起码也带来了很多证明能力的机会。

学渣：其实，辛苦多年之所得，“觉得很有用”才是正常的。

学霸：但后来，怀疑又渐渐生长。

学渣：又怎么了？

学霸：我目睹了一些没有文凭的人，也能顺利通过那扇门。

学渣：怎么过的？

学霸：拿着通行证过的。

学渣：不是没有文凭吗？

学霸：你要知道，文凭虽然是通行证，但世间的通行证，可绝不止文凭一种。

学渣：哦，你这么一说，我明白是哪些人了。

学霸：他们通过其他手段，轻而易举地拿到了与文凭拥有者相同的机会。

学渣：其实那些人拿到的机会，甚至更多、更好。

学霸：他们拿到的越多、越好，我心中对文凭的怀疑，便越强烈。

学渣：觉得比不上他们？

学霸：是觉得同样的东西，自己需要用辛苦多年的所得去换，而别人利用先天优势，轻而易举便得了。

学渣：哦，原来是不平衡了。

学霸：反差之大，平衡尽失。

学渣：但现实就是这般冰冷，又能奈其何？

学霸：无可奈何。

学渣：你总无法改变那些先天优势。

学霸：所以我只好去试着改变心态。

学渣：有效果？

学霸：有一些。

学渣：怎么做到的？

学霸：我只是把怀疑，反着又怀疑了几次。

学渣：怎么算反着？

学霸：我试着想，没有任何先天优势的我，若连那个文凭也没了，会是什么样子的。

学渣：如此，恐怕样子不会好。

学霸：如此，恐怕我连跟那些人相比的资格，都没有了。

学渣：如此，你的样子就不止是不好，而是非常不好了。

学霸：所以有时候，比不上也是一件好事啊。

学渣：这话怎么说？

学霸：因为起码还能在一起比。

学渣：有道理，很有道理！

学霸：虽然有些苦涩，但也确实就是这样的道理。

学渣：不能比的变得能比，看来文凭弥补了你的先天不足。

学霸：当先天不足都能被弥补时，相信我，这在任何时候都是一件美妙的事情。

学渣：能说出美妙二字，看来你的心态也平衡多了。

学霸：但就当时而言，也只是平衡多了而已。

学渣：怎么？平衡多了也不满足？

学霸：因为还不足以完全平衡。

学渣：想完全平衡，只怕太难了。

学霸：只怨那些人的先天优势，太让人眼馋了。

学渣：那种优势大多跟投胎有关，也只能用自己的眼睛去馋一馋。

学霸：而且眼馋本身，其实也根本毫无用处。

学渣：恐怕，只会平添心中不平衡的砝码。

学霸：所以后来，我努力地专注于有用的事情，以便从无用的眼馋之中，挣脱出来。

学渣：你专注于有用的事情，只为了摆脱眼馋？

学霸：是不是反了？

学渣：正常的逻辑不应是，努力从无用的眼馋中挣脱出来，以便专注于有用的事情？

学霸：看来还真是反了。

学渣：看来你真的依然不平衡。

学霸：不管反不反、平衡不平衡，反正后来，我也总算专注地投身到了有用的事情之中。

学渣：好吧，目标虽混乱，结果还不错。

学霸：倒也并非自己有多强大的转移意志的能力。

学渣：那你是如何做到的？

学霸：只因身在社会中，你不去找事情，事情也会来找你。

学渣：事实上，人生中所有的事情，恰恰组成了人生本身。

学霸：在学校时，我们几乎只专注于一件事情就够了。

学渣：那件事情叫应试。

学霸：那件事情你可喜欢？

学渣：不喜欢但又不得不做。

学霸：是啊，我也极其厌烦它。

学渣：可你也终究没有被它淹没，成功拿到了文凭。

学霸：过程是艰辛的。

学渣：结束时，也是圆满的。

学霸：结束？拿到文凭时，我也以为都结束了。

学渣：难道没结束？

学霸：当一些事情扑面而来时，我才发现，一切才刚刚开始。

学渣：哪些事情？

学霸：跟应试一样的、不喜欢但又不得不做的事情。

学渣：人生中，确实还会碰到那样的事情。

学霸：人生中，其实还会碰到很多很多那样的事情。

学渣：如此，曾经的厌烦，也才刚刚开始了。

学霸：其实也不太一样了。

学渣：哦？不厌烦了？

学霸：厌烦的，依旧厌烦，只是在厌烦之外，又渐渐生出另一种感觉。

学渣：难道再遇那种厌烦，你生出恶心感了？

学霸：是再遇那种厌烦，我生出熟悉感了。

学渣：连厌烦都变得熟悉，这是一件何等无奈的事情！

学霸：当那些事情迎面而来时，我的第一反应也总是，嘿，又是这样，又来了。

学渣：心中厌烦时，一般都这么想。

学霸：厌烦中，记忆也来了。

学渣：什么记忆?

学霸：曾经夜以继日地做那件不喜欢但又不得不做之事的记忆。

学渣：那记忆，绝对充满了苦涩。

学霸：那苦涩的记忆，却早已熟悉得融入了我的身体里。

学渣：记忆融入身体，会是什么样?

学霸：会让身体本身都拥有记忆。

学渣：身体有记忆，又会是什么样?

学霸：有了记忆的身体，也会因那些事情的袭来而回想。

学渣：一副躯体，又能回想什么?

学霸：回想曾经应试时，是一种什么样的状态。

学渣：想起来了?

学霸：想起来了。

学渣：你怎么知道想起来了?

学霸：因为我感觉到自己的身体，又回到了曾经才有的状态。

学渣：你是说，你能以当年对抗应试的身体状态，去对抗那些事情?

学霸：别以为只有身体。

学渣：那还有……?

学霸：还有思维，还有意志。

学渣：它们也有了记忆?

学霸：十多年几乎只做那一件事，记忆的烙印早已到处都是。

学渣：它们也能回想?

学霸：全都唤起了曾经的样子。

学渣：身体、意志、思维，可还有别的?

学霸：还有当年有过的一切。

学渣：如此，你岂非整个化为了曾经的你？

学霸：从里到外、从上到下、彻彻底底地化为了曾经的我。

学渣：曾经的你，扛住了那件不喜欢但又不得不做的事情。

学霸：所以现在的我，用曾经的状态，扛住了更多不喜欢但又不得不做的事情。

学渣：那些事情，其实还往往不是什么小事。

学霸：事后去看，那些事情里的某些事情，甚至堪称人生的重要节点。

学渣：话已至此，我实已无言以对。

学霸：我只记得你刚才还满怀同情地感叹，熟悉厌烦是一件多么无奈的事情。

学渣：但现在看来，那却俨然成了一件无比美妙的事情。

学霸：是啊，厌烦缭绕中，突现美妙景致。

学渣：但虽说都不喜欢，又都不得不做，可曾经那件事，会完全等同于现在的事？

学霸：曾经那件事，其实远不如现在复杂、多变。

学渣：那你只用曾经的状态，怎够？

学霸：偏偏足够。

学渣：它如此全能？

学霸：只因它来了，那些利器便也来了。

学渣：哪些利器？

学霸：我先前说过的应试利器。

学渣：它们又是怎么来的？

学霸：状态重现，自然就拾起了那些利器；利器归位，也才算真正找回了那状态。

学渣：一体的？

学霸：那些利器，其实就是身体思维意志的内在升华罢了，而所谓状态，也不过就是内在升华的外在表现而已。

学渣：一体之中，一内一外？

学霸：从不曾分开。

学渣：但刚才你也说了，那都是些关于应试的利器。

学霸：当那些事情袭来时，我也才发现，它们在应试之外同样犀利，甚至，更加犀利。

学渣：于是，真正全能的，却是它们。

学霸：应试内外，皆游刃有余。

学渣：而且想之就会来，来之就能战？

学霸：事实上，我根本没有专门去想，它们也根本没有特意而来。

学渣：这话什么意思？

学霸：就像眼睛受风泪会来、皮肤受热汗会来一般，事情来，它们便来了。

学渣：眼睛流泪皮肤出汗，那是本能。

学霸：当一个人为了一件事而与那些利器相伴十几年后，它们也早已深入灵魂里，近乎于一种本能。

学渣：利器还能变成本能？

学霸：其实用久了，什么都能变成本能。

学渣：那用本能而战，又是一种什么样的感觉？

学霸：不再强求，无须刻意，一切随心所欲，一切了无痕迹。

学渣：你这话让我想起了武侠小说里的用剑高手。

学霸：也许，有些“高”，就是这样一种自如吧。

学渣：能自如到如此地步，还有何求！

学霸：能在不喜欢但又不得不做的事情里自如到如此地步，也真的别无他求。

学渣：能自如到如此地步，恐怕即使是拥有先天优势之人，也未必做到吧？

学霸：既已拥有先天优势，又有几人甘愿挣扎在那段应试岁月里？

学渣：那段岁月，逃都来不及。

学霸：可这自如，却也正是在那段岁月里浸泡出来的。

学渣：那它便不太可能会出现在先天优势的口袋里。

学霸：所以它也就成了像我这样的应试者所独有的东西。

学渣：这难道不算优势？

学霸：这不但算优势，而且一旦得来，便同因病而生的抗体一般，会直接变成血液里的东西。

学渣：相比之下，先天的优势，只怕没有这般深入。

学霸：那大多来自父辈。

学渣：父辈的东西，来去往往不由己，得时容易，失时，只怕也不难。

学霸：血液里的东西，则只为自己所有，不离不弃，直至死亡。

学渣：听起来你这后天的，却要比那先天的，更加浑然天成。

学霸：而“浑然天成”四个字，其实向来都是追随“先天”二字的。

学渣：你的意思是……？

学霸：那优势，已不仅仅是在弥补我的先天不足了。

学渣：那它还……？

学霸：还几乎就生生化为了一种与我水乳交融的先天优势。

学渣：我记得你刚才提过，弥补了先天不足，在任何时候都是一件美妙的事情。

学霸：那是发自内心的感慨。

学渣：那硬生生又长出了先天优势，你又打算如何感慨？

学霸：终让那个愿望实现。

学渣：哪个愿望？

学霸：摆脱眼馋啊。

学渣：哦，彻底摆脱了？

学霸：彻底摆脱了。

学渣：看来只有自己的先天优势，才能让眼馋别人先天优势的眼睛归位啊。

学霸：优势对优势，自然更容易分庭抗礼。

学渣：既已分庭抗礼，那心，估计也彻底平衡了。

学霸：何止平衡，有时候甚至会忍不住暗自庆幸。

学渣：庆幸什么？

学霸：庆幸自己从身到心，都没有去逃避那段岁月。

学渣：说起来，倒正是那段岁月，让你磨砺出了那些利器。

学霸：也正是那段岁月，将那些利器淬炼到了我的血液里。

学渣：末了，那段岁月还把你想要的文凭双手奉上。

学霸：它着实给了很多。

学渣：给的，还无一不是好东西。

学霸：但当时，我眼里也只看到那张纸是好东西。

学渣：当时又有几人不这么想呢？

学霸：而且当时，我甚至还心怀一丝疑虑，只为一张纸而付出那么长一段时光，真的值吗？

学渣：那段时光，青春活力，本应是一生中最美好的时光。

学霸：但直至在后来的事情里品尝到那自如的美妙，我才真正明白，追寻文凭的岁月留给我的，又何止是一纸文凭!

学渣：一心一意求文凭，没想到意外收获了更多。

学霸：意外收获的，也没想到在应试之外都那么犀利。

学渣：为了文凭甘愿承受厌烦，没想到厌烦承受得久了，却能让你从容应对以后的更多厌烦。

学霸：应对以后的厌烦时，也没想到能那么游刃有余。

学渣：人生中的“没想到”，有惊喜就有惊吓，但怎么你遇到的，都是惊喜!

学霸：这些让人惊喜的“没想到”，还偏偏就深埋在那段几乎要厌烦死人的岁月里，这本身就是一件没想到的事情。

学渣：看来，世间的惊喜，有些偏偏就埋在厌烦之下。

学霸：也许，世间的惊喜，大多偏偏就埋在厌烦之下。

学渣：这种感悟，难道也是那段岁月给你的?

学霸：是。

学渣：原来除了送武器、添优势、献文凭，它连人生道理都给了。

学霸：它倾囊相授，我也不嫌多。

学渣：我嫌。

学霸：你怎么会嫌?

学渣：因为我眼馋。

学霸：其实我一直在讲自己是如何摆脱眼馋的。

学渣：但你讲到最后，却把我讲眼馋了。

学霸：最后?不，不，我还有个东西没讲。

学渣：还是那段岁月给你的?

学霸：还真是。

学渣：它竟然还有东西给你!

学霸：那还是一件利器。

学渣：你要介绍新利器？

学霸：我要介绍最后一件利器。

学渣：它是……？

学霸：我。

学渣：你怎么了？

学霸：我就是那件利器。

学渣：你自己？

学霸：我自己。

学渣：你自己怎么变成利器了？

学霸：曾说过的那些利器，都与我本身杂糅在了一起，我不成利器，又能成为什么？

学渣：你的意思是，融合了？

学霸：被那段岁月不断地炼化、锻造，被那种厌烦不停地吹打、浸泡。

学渣：最终被打造成了什么样？

学霸：也许不够精巧，但却足够坚固；也许无法无限拉伸，但却韧性十足；也许在任何事情上都有更好的选择，但选择我，也都会有不错的结果。

学渣：听起来，依然是一件全能的利器。

学霸：但其实，也为专攻而生。

学渣：专攻什么？

学霸：既然炼化自那段应试岁月，自然专攻像应试那样的不喜欢但又不得不做的事情。

学渣：那种事情，其实遍布在各个领域的各种境遇里，充斥在各种人生的各个阶段中。

学霸：所以说，之所以显得全能，只因专攻的东西遍地都是。

学渣：你刚才说，这是最后的利器了？

学霸：那段岁月给我的所有东西最终融为一体的终极利器。

学渣：但我一直以为，你会把文凭也列入武器库里。

学霸：追寻它的时候，我又何尝不这么认为。

学渣：那时我们都觉得，它会是人生路上披荆斩棘的神兵。

学霸：但在追求文凭那件理想神兵的过程中，不想自己却已被生生炼成了更锋利的利器。

学渣：听起来，文凭不像神兵，更像是诱饵，引诱众多的应试者走向那条炼化之路的充满诱惑的诱饵。

学霸：它不但是个诱饵，还是个放在路程终点的诱饵。

学渣：你想说什么？

学霸：能拿到终点的诱饵，说明他经历了炼化的完整过程，而你要知道，一款合格的利器，是绝不能缺少任何炼化环节的。

学渣：明白了，原来诱饵不但是诱饵，还充当了利器出炉的合格证。

学霸：所以最终，文凭还是一个凭证。

学渣：所以最终，你也终于承认它是能力的凭证了？

学霸：可我们曾经一直认为，它所证明的能力，是追寻它时所学的东西。

学渣：现在看来，它真正证明的，是追寻者真真切切、完完整整地经历过那段岁月。

学霸：岁月一毕，利器已出，然后，其实也就根本不必太在意所学的是什么，所学的到底在人生中有多大用处了。